Un arbre,
un jour...

DU MÊME AUTEUR

*Eh bien dansons maintenant !*
   Lattès, 2016 ; Livre de Poche, 2017
*L'immeuble des femmes qui ont renoncé aux hommes*
   Michel Lafon, 2014 ; Livre de Poche, 2015
   Prix Saga Café ; meilleur premier roman belge 2014

KARINE LAMBERT

# Un arbre, un jour...

CALMANN LEVY

© Calmann-Lévy, 2018

Couverture
*Conception graphique et illustration :* Constance Clavel

ISBN : 978-2-7021-6324-5

*À un prince des mots,
une fée de la montagne
et un phare dans la nuit.*

*Tout seul,*
*Que le berce l'été, que l'agite l'hiver,*
*Que son tronc soit givré ou son branchage vert,*
*Toujours, au long des jours de tendresse ou de haine,*
*Il impose sa vie énorme et souveraine...*

Émile VERHAEREN, *L'Arbre*

# 1ᵉʳ mars

Du haut de mes trente-deux mètres, je les observe vivre sur la place du village. Elle habite au 27, à quelques mètres de moi. Par les fenêtres de son appartement, au troisième étage, je la vois, je l'observe, je la mange du regard. Aujourd'hui, les rideaux volent, dévoilant par intermittence sa nuque inondée de lumière. Pourquoi se déshabille-t-elle ? Son amant n'est pas encore arrivé. Parfois, il apparaît, parfois elle l'attend et il ne vient pas. Elle soupire. Une première fois, puis une seconde. Elle s'appelle Fanny.

Depuis ce matin, le vent souffle une chaleur aussi exquise qu'inattendue. Mars commence à peine, les cigales chantent et les hirondelles font déjà escale. Elles choisissent obstinément mes branches les plus fragiles. J'aime ce frôlement délicat au moment où elles se posent et la caresse de leurs pattes quand elles se balancent. La saison des amours file si vite. Oiseaux, chats, chiens, cigales, abeilles, tous affolés par la venue du printemps et, au plus profond de mes racines, une frénésie, une délicieuse excitation. Comme eux, j'y aspire.

Quelque chose de l'ordre de l'effusion se profile. Devant le miroir, Fanny écarte avec grâce une mèche de ses cheveux bruns. De la pointe de son crayon, elle dessine un trait qui souligne le jaune dans le vert de ses yeux. Elle esquisse plusieurs sourires, lequel va-t-elle lui offrir ? Je redoute qu'un homme l'emmène ailleurs. Lui, son amant, ne m'inquiète guère, il passe, ne s'attarde pas, repart. Mais un autre, un jour, peut-être.

Il sonne. Elle tressaille.

La douceur du mimosa, la glycine et son entêtante odeur de miel m'étourdissent. Surplombant les feuilles de mon houppier en bataille – l'élagueur

## 1er MARS

a de nouveau raté ma coupe –, le ciel parfaitement bleu est strié de blanc.

Son amant entre, ébauche un geste vers sa joue, puis elle ferme le rideau et l'image disparaît.

Les cloches annoncent midi. Une mésange zinzinule. Je sens un frémissement dans l'air, pourtant tout est tranquille. Depuis quelques mois, le bar PMU affiche ouvert, les gens déambulent et mon ombre danse sur les façades ocre des maisons aux volets gris bleuté.

La porte de l'immeuble claque et le dos de son amant s'éloigne vers une ruelle. Derrière la fenêtre, face au miroir, Fanny se recoiffe, enfile une robe. Il me semble toujours qu'elle respire mieux après son départ. Les draps sont désormais froissés.

L'hiver a perdu, ça bourgeonne, ça reverdit, les moineaux s'égosillent, les rires grimpent dans les aigus. Le printemps a franchi la ligne d'arrivée. Je suis heureux de cette victoire, même si les élans des humains demeurent pour moi un mystère.

Fanny sort de chez elle, du pas léger des femmes amoureuses. Gamine, elle tendait son élastique entre deux chaises et jouait, seule, aux heures les plus chaudes, à l'ombre de mon feuillage. Elle est devenue belle comme un coquelicot.

*François Lebrun*

C'est promis, François arrêtera de fumer le jour de la naissance. D'ici là, il s'accorde trois cigarettes quotidiennes, pas une de plus. Lorsqu'il aura débouché l'égout de la rue principale et balayé le parvis de l'église, il s'autorisera la première. Le devoir l'appelle d'abord au centre de la place, en chemin, il salue des visages familiers. Il connaît chaque pavé, chaque ruelle de son village et quand parfois lui vient l'idée de partir, une angoisse le saisit. Il veut rester là où il est né. Naître, vivre et mourir au même endroit.

Dans sa boîte à outils : un mètre, un crayon, un marteau et deux clous. À dix-huit heures, François sera chez lui. Il a besoin d'horaires fixes, de sa fiche de paye à la fin du mois et de cotiser pour sa retraite, comme d'autres ont soif de liberté. Il s'immobilise au pied de l'unique arbre, déroule l'affiche puis la cloue sur le tronc du platane, recule d'un pas pour vérifier qu'elle est droite et repart, satisfait.

# 1ᵉʳ MARS

Aïe ! J'ai l'impression qu'un pic-vert veut me poinçonner le système nerveux.

*Clément Pujol*

À peine arrivé chez lui, Clément sort son bulletin de son cartable. Évidemment, l'institutrice a écrit *trop bavard*, mais il a une bonne note en français, elle fera plaisir à ses parents.

Dans la cuisine, ils se chamaillent encore. Son père veut acheter une nouvelle voiture, sa mère n'approuve pas cette future dépense et le ton monte. Chaque fois, Clément ressent le même nœud à l'estomac. Chaque fois, il regrette de ne pas avoir un frère ou une sœur avec qui partager son désarroi. Il se bouche les oreilles puis il part en courant de la maison chercher de la douceur auprès du platane.

Sur le tronc, il découvre un papier, le lit, ne comprend pas immédiatement, le relit, reste plusieurs secondes devant l'arbre, les bras ballants. Son père et sa mère se disputent pour des bêtises alors qu'il se passe quelque chose de très grave. Il arrache le papier, le chiffonne, le jette aussi loin qu'il peut en poussant un cri, comme les Vikings pour se donner du courage. Combien de disputes avant que les parents décident de se séparer ? C'est au moins la cent cinquante-troisième. Et là, à coup sûr, s'ils l'apprennent, ce sera le grand titre au dîner et ils s'engueuleront au sujet du platane. Papa dira : on va changer de décor, maman affirmera : il ne faut toucher à rien.

*Adeline Bonnafay*

Intriguée, la vieille dame a observé le gamin de sa fenêtre. C'est le petit du 43, avec ses yeux noirs, ses baskets en toutes saisons et son sac à dos décoloré. Qu'est-ce qu'il fabrique ? Elle n'aime pas les enfants qui grandissent trop vite et se comportent comme des adultes. Il a toujours une idée fantaisiste en tête, ce Clément, et à force de courir seul à travers les rues, il finit par oublier

# 1ᵉʳ MARS

le savoir-vivre. Si l'ouvrier municipal a placardé un avis sur l'arbre, il doit avoir une bonne raison.

Adeline s'accroche à la rampe et descend l'escalier en prenant soin de ne pas glisser sur les marches arrondies par l'usure du temps. Elle avance à petits pas jusqu'au platane, se penche lentement – la terre est de plus en plus basse –, ramasse le papier et le lit en se relevant. C'était donc cela ! Qu'en pensera sa sœur ? Impossible de le dire. À quatre-vingt-treize ans, Violette semble encore plus imprévisible qu'à vingt ans. L'avis est maintenant une boule de papier chiffonné au fond de sa poche. Adeline n'en parlera à personne d'autre. Certainement pas à la boulangère, reine des pipelettes. Ou alors le jour où la pâte de sa tarte aux abricots sera enfin croustillante. Adeline chérit les secrets et les garde précieusement en réserve avant de les divulguer à qui veut bien l'écouter.

UN ARBRE, UN JOUR...

*François Lebrun*

En rentrant de sa pause-déjeuner – il aime manger son casse-croûte sous la statue dans le parc – François s'approche de l'arbre. Il a peut-être mal vu. Non, il ne s'est pas trompé, l'avis a disparu ! Si le maire passe par ici, il pourrait croire que le travail n'a pas été fait. « Excelle dans l'excès de zèle », lui répétait toujours son père. À l'adolescence, il envisageait de devenir plombier indépendant comme papa. Finalement, il est entré dans le service public, il préfère être salarié, obéir, bien exécuter les tâches qui lui sont assignées. Cet incident perturbe le cours de sa journée. Il retourne prestement à la mairie imprimer une nouvelle affiche. Pas question de prendre du retard.

Il la fixe avec soin.

Avis aux habitants de la place
Sur ordre de la mairie,
cet arbre sera abattu le 21 mars.
Veuillez enlever les vélos de la voie publique
et fermer les fenêtres.
Pas de consommateurs en terrasse ce jour-là.

## 1ᵉʳ MARS

*Déroulement des opérations :*
17 mars : Élagage.
21 mars : Abattage.
30 mars : Dessouchage.

## *Suzanne Fabre*

Il est vingt-deux heures. Les clients qui se sont attardés sur la terrasse du bar viennent de partir. Suzanne se frotte les mains sur son tablier, l'accroche à la porte de la remise, descend le volet et contemple la cime du platane. Elle s'approche lentement de lui, s'adosse au tronc, allume l'unique cigarette de son interminable journée et savoure ce moment de calme. Lorsque le vent se lève, elle croit entendre ce géant murmurer. Un bruissement de feuilles dans l'air plus frais ? Ses doigts effleurent l'écorce, elle ferme les yeux. Depuis combien de temps n'a-t-elle plus touché Joe, son homme ? Et si l'arbre pouvait ressentir la douceur de sa paume ? Et s'il aimait ça ? Un clou la griffe. À cet instant précis, elle découvre l'affiche. En la lisant, son ventre se noue et les larmes lui piquent les paupières. Elle déchire l'avis d'abattage et jure en écrasant sa cigarette.

## UN ARBRE, UN JOUR...

Pourquoi faut-il que les bonnes choses disparaissent ? La dernière fois qu'elle a pleuré, c'est le jour où elle a laissé Joe au centre de rééducation.

Étrange journée. D'abord, le gamin qui est fin comme une brindille au vent a poussé un cri. L'écorce de ses joues – ils disent la peau – semblait humide. Et puis Suzanne, la nouvelle patronne du PMU, a perdu l'équilibre une seconde. À chaque fois que l'inquiétude me gagne, mes racines se contractent. Comme le jour où l'on m'a transplanté, trop jeune, voici de cela plusieurs décennies. Je ne compte plus.

## 2 mars

*Manu*

Manu décharge les caisses sans se presser. Il y a un mois, un maraîcher du coin l'a engagé pour vendre ses artichauts le jeudi et le samedi au marché et pendant une heure les autres jours. Une aubaine, il cherchait justement un boulot de saisonnier. Il installe ses tréteaux à l'ombre du platane. Félix a insisté pour qu'il en écoule au moins la moitié. Ça devrait le faire, ce n'est pas une raison pour se dépêcher. Manu en soupèse quelques-uns, et l'idée de tremper les feuilles dans la vinaigrette lui donne envie de casser la croûte. Il a terminé le saucisson et les œufs qui lui restaient dans sa camionnette hier soir, mais avec un peu de chance, la tenancière du bar lui offrira un plat du jour en échange de quatre petits violets.

## UN ARBRE, UN JOUR...

Les trois mêmes clients débarquent toujours les premiers, Manu se demande s'ils passent avant de partir travailler pour bénéficier du meilleur choix. À droite de son étal, la place attitrée du roi de l'huile d'olive, champion du baratin. Une ancienne porte de grange posée sur deux tonneaux lui sert de table et ce côté brut semble plaire à tout le monde. Il invite à déguster ses produits sur des morceaux de fougasse. Plus loin, la fromagère, une femme forte, à la voix rauque, avec les cheveux châtains courts déjà grisonnants. Manu l'imagine aisément menant ses brebis à la baguette. Le doyen, c'est Jules. À ce qu'il raconte, il propose ses laitues et ses mesclums depuis la nuit des temps. Douze mille quatre cent trente-cinq fois au même endroit, à la même heure. Vertigineux !

Manu vient de fêter ses vingt-cinq ans et ses trois ans sur les routes. Il ne roule pas sur l'or, mais il ne manque de rien, du moment qu'il a de quoi se débrouiller au jour le jour et un matelas dans sa camionnette. Libre comme l'air, de village en village, se poser où la vie l'appelle. Il va peut-être traîner un moment dans la région. Il se roule un joint, s'appuie contre le tronc et tire lentement une taffe.

## *Raphaël Costes*

Figé devant la plaque en bronze « Jacques Dumoulin – Psychologue agréé », Raphaël avance vers la sonnette puis recule d'un pas. Depuis quatre mois, deux fois par semaine, il parcourt à pied les six kilomètres qui séparent son village de celui-ci. Toute la journée, il travaille debout, courbé sur la mâchoire de ses patients, avec des gestes minutieux et techniques. Son corps a besoin de ces longues foulées à l'air pur pour se détendre ; dès que possible, il marche.

Le rendez-vous est à seize heures et Jacques Dumoulin si ponctuel. Invariablement, le scénario se rejoue. Raphaël parle de ses sempiternelles tergiversations, puis il s'interrompt et il regarde le platane par la fenêtre.

Enfant, déjà, quand on lui demandait ce qu'il voulait faire quand il serait grand, il ne donnait jamais la même réponse. Enfant, déjà, dans la pâtisserie de son quartier, il hésitait entre un éclair au chocolat et une génoise aux framboises. D'inconfortables minutes à peser le pour et le contre. La crème ou les fruits ? Pour lui, la vie ressemble à ces restaurants japonais où les sushis et les sashimis défilent sur un tapis roulant : le temps de choisir, le plat a disparu, des yakitoris et des teppanyakis surgissent, ce qui rend l'incertitude oppressante.

« À quarante et un ans, tu devrais pouvoir te décider à quitter ton espèce de studio d'étudiant », lui répète sa mère quasi quotidiennement. Enfant, déjà, il n'aimait pas changer de banc en classe. Où va-t-il habiter, s'il se résout à écouter sa mère ? À la ville ou à la campagne ? Il a repéré une affiche « À louer » sur la place. Un appartement plus vaste, une jolie vue, mais vivre si près de chez son psy et risquer de le croiser en short à la boulangerie, est-ce la meilleure idée ?

— Hier encore...
— Hier encore, oui ? l'interroge Dumoulin.
— Hier encore, je me suis dit que ce platane était un repère pour moi.
— Re-père... À chaque séance, cet arbre revient dans la conversation.

## 2 MARS

Pour la première fois, Raphaël se demande ce qu'il vient chercher ici. Soixante euros pour tourner en rond face à un arbre !

*François Lebrun*

François reste bouche bée. Depuis son premier jour de travail à l'âge de dix-sept ans, on ne lui a jamais fait ce coup-là. À la place de l'affiche, suspendue à l'un des clous, une enveloppe beige adressée à françois lebrun. Sans le grand F et le grand L, il a l'impression de perdre quelques centimètres. Il regarde furtivement à droite, à gauche, avant de décrocher la lettre et de l'ouvrir. Sur un fin papier kraft découpé irrégulièrement, juste une phrase, écrite à la main : *Ça porte malheur d'abattre un arbre !*

Une menace ! Non seulement on arrache deux fois l'avis, mais en plus on le remplace par un message anonyme. Ce n'est plus un hasard. François réprime le tremblement qui s'empare de sa jambe et, ni vu ni connu, il fourre l'enveloppe dans la poche de sa salopette. Qui lui en veut ? Quelqu'un l'observe certainement d'une fenêtre, même le platane semble le défier. Il se sent pointé du doigt, presque coupable, et pourtant il a simplement obéi aux ordres. À sans cesse devoir vérifier que son boulot est respecté, sa journée se terminera à vingt et une heures. François ne compte pas l'énergie qu'il dépense, mais les heures supplémentaires l'insupportent et surtout les horaires réguliers le rassurent. Son parcours sans faute lui vaudra peut-être une médaille. Ce serait un honneur d'être reconnu comme meilleur ouvrier municipal de la région. Un vulgaire platane ne va pas foutre tout ça par terre.

Il a hâte de rentrer chez lui, retrouver le calme, embrasser sa femme dans le cou, s'allonger sur le canapé et lire la gazette locale. Et pour une fois, tant pis pour les horaires, cette nuit, il reviendra fixer l'avis mortuaire avec au minimum huit clous. François Lebrun n'est pas du genre à se laisser abattre.

## *Adeline Bonnafay*

Violette réussit à merveille les aiguillettes de canard et figues rôties au miel et au romarin. Adeline demeure à ses côtés pendant toute la préparation, non pas que sa sœur réclame son aide, mais elle

## 2 MARS

sait qu'elle apprécie sa présence sur le tabouret près du frigidaire. Coiffée à la garçonne, Violette s'affaire dans la cuisine, vêtue d'un pantalon à pinces évasé, d'une chemise au col amidonné, d'une cravate et d'un gilet comme on n'en porte plus. Et chaque mois, la coiffeuse rectifie sa coupe d'un centimètre. En riant sous cape, les enfants du village, ce garnement de Clément en tête, appellent les deux sœurs M. et Mme Bonnafay.

À quatre-vingt-onze et quatre-vingt-treize ans, Adeline et Violette ont toutes deux oublié qu'elles ont eu des rêves. L'imprévu les déstabilise, alors elles répètent les mêmes gestes et se chamaillent avec talent et expérience. Elles excellent dans l'art de transformer une bêtise en conflit international, une broutille en joute verbale.

Elles ont passé un demi-siècle côte à côte dans l'atelier *Les Ciseaux d'or*, à couper, coudre, retoucher, façonner, choisir des fils et des tissus pour une clientèle qui se pressait des villages avoisinants. Parce que leurs mains tremblaient trop et que leur vue devenait imprécise, un soir il a bien fallu se rendre à l'évidence, terminer le costume destiné au gendre de la pharmacienne et ranger les aiguilles.

Jusqu'à l'ultime coup de ciseaux, elles ont savouré le bonheur d'exercer ce métier. À partir de ce moment, la télévision a joué le premier rôle dans leur vie.

Les figues sont maintenant découpées en quartiers et badigeonnées de miel.

— Ils vont abattre le platane de la place, dit Adeline.

— Oui, j'ai vu quinze hommes avec une hache géante et une équipe de cinéma les filmait.

Certains jours, sa sœur la fatigue avec ses délires. Qu'est-ce qu'elle invente encore ? Une équipe de cinéma ! Violette imagine toujours des histoires. Bien sûr, elle a cousu la robe de mariée de la reine des Pays-Bas, bien sûr, Coco Chanel l'a suppliée de venir la rejoindre à Paris, bien sûr, elle cuisine parfaitement les croupions de têtards à la sauce madère. On ne peut pas dire que ça s'arrange en vieillissant.

Pendant que Violette effeuille le romarin, Adeline regarde le platane par la fenêtre.

— Il mourra si l'on ne se mobilise pas.

Violette s'approche et après un silence théâtral, elle déclare :

# 2 MARS

— Je m'en fiche, j'ai déjà un pied dans la tombe.
— Cet arbre nous accompagne depuis notre naissance et il est resté fidèle jusqu'au bout, lui. Il mérite notre gratitude.

L'odeur des pommes de terre rissolées envahit la cuisine.

— Je pense que nous aurons beaucoup de plaisir.
— Avec qui ? s'affole Adeline.
— Avec mon canard.

C'est mon jour de chance. Manu, le jeune marchand au visage lisse et émacié, un genre de catogan entouré d'un gros élastique au sommet de la tête et des grandes mains osseuses, a davantage fumé que vendu d'artichauts. Hmmmm ! Quelle délicieuse odeur âcre et sucrée ! J'ai la sève qui bouillonne, mes feuilles dansent de manière incohérente, mes racines se détendent. Les volutes m'offrent un aller-retour dans les nuages.

UN ARBRE, UN JOUR...

*Fanny Vidal*

Assise sur le bord de la baignoire, la jeune femme arrache l'étiquette de son nouveau soutien-gorge parme avec les dents, c'est certain un jour elle s'en cassera une. Pourquoi ne prend-elle jamais le temps de chercher les ciseaux ? Elle espère qu'il plaira à Aurélien. Pourtant lorsqu'elle l'a rencontré dans le train Paris-Avignon, elle a imaginé que ce serait une relation sans lendemain. Elle s'adresse rarement à ses voisins, mais il lisait un roman de Modiano qu'elle venait de terminer quelques semaines auparavant. Au moment où il rangeait son livre, elle a osé « J'aime beaucoup le début » et il avait eu ces mots inattendus : « Vous voulez parler de notre rencontre ? » Grand, brun, le nez aquilin, il exhalait un parfum de citron vert et de pamplemousse. Il lui a demandé de fermer les yeux et de nommer la ville qu'ils traversaient d'après la forme du clocher qu'il lui décrivait. Puis de deviner qu'ils passaient au-dessus d'une rivière parce qu'il lui parlait de pêche à la truite. Elle a dû ensuite découvrir sa profession grâce aux indications pseudo-métaphoriques qu'il lui donnait.

# 2 MARS

Champion de l'éphémère, il organisait le décor d'histoires inventées, accrochait des lustres à cent mille watts et transformait le toc en rêve. Elle a tenté décorateur, il a répondu scénographe, elle s'est dévoilée styliste culinaire. Elle avait envie de l'embrasser avant même de dépasser Lyon.

Zut ! Un trou dans la dentelle, une fois encore elle a tiré trop fort. Pendant ce trajet, Aurélien lui a raconté qu'il travaillait sur le projet d'une pièce de Beckett : *En attendant Godot*. Le décor représentait un arbre au milieu d'une route. Elle a souri. En face de chez elle, un arbre, immense et solide, trône au centre de la place. Et celui-là n'est pas en carton-pâte. Quand les heures s'emballent, elle lève la tête et la vision du ciel, découpé par les feuilles, lui procure une sensation de tranquillité. Grâce ou à cause de Beckett, elle a invité cet inconnu à boire un verre de bordeaux. De la fenêtre de son appartement au troisième étage, il ne verrait que lui, le platane l'inspirerait peut-être. C'est ce soir-là que tout a commencé entre eux.

# 3 mars

*Clément Pujol*

*L'Arbre sans fin*. Le petit garçon raffole de ce livre offert par sa marraine, il le connaît par cœur. L'héroïne, Hipollène, habite avec sa famille dans l'Arbre sans fin. Au bout de chaque branche, une nouvelle branche. La grand-mère de la fillette meurt et Hipollène se transforme en larme. Elle part à l'aventure et apprivoise ses peurs, le noir et son chagrin.

Pourquoi veut-on abattre le platane en face de sa maison ? Son arbre sans fin à lui peut vivre mille ans si on le laisse tranquille. Clément s'occupera de la pétition pour les dauphins de la mer de Chine plus tard, aujourd'hui son ami a besoin de lui. Ça se dit, ami, pour un arbre ?

## UN ARBRE, UN JOUR...

À ses côtés, Clément se considère minuscule, fragile, presque invisible. On pourrait en mettre dix comme lui à l'intérieur du tronc. Il se sent accueilli par ces branches qui lui permettent de grimper sans échelle et, comme des bras, le protègent du monde entier. Quand le platane pèle, les éclats d'écorce lui font penser à un puzzle et en dessous, sa peau est plus douce que celle de tous les arbres qu'il a observés. Il l'aime à chaque saison, mais il le trouve particulièrement beau au printemps avec ses fruits pareils aux pompons d'un bonnet de laine. Les feuilles reviennent et l'habillent de vert. Vert luisant d'un côté, pâle de l'autre, elles vont se découper comme cinq doigts et ressembleront bientôt à des mains ouvertes.

— Qu'est-ce que tu fabriques ici ? Lâche cette enveloppe !

Clément sursaute et se retourne.

— C'est toi qui saccages mon travail depuis trois jours !

Devant lui, en salopette bleue, l'homme qu'il croise fréquemment dans le village, sur la place ou au cimetière avec sa boîte à outils et son balai.

— C'est vous, l'assassineur d'arbres !

## 3 MARS

— Tu me parles sur un autre ton. Je fais mon boulot. Tu as vu mon badge ? François Lebrun, ouvrier municipal.

— François Lebrun ? J'aurais dit François Leroux !

Et Clément s'enfuit en poussant son cri de Viking.

*François Lebrun*

Dans la cour de récréation de son école, deux équipes se formaient pour jouer au ballon prisonnier. Michel, puis Patrick, puis Denis, et même Jacques, le petit gros qui ne rattrapait jamais les balles, en faisaient partie. Pas François. Il restait invariablement sur le carreau sans comprendre pourquoi. Un jour, tel un chien enragé, quelqu'un avait grogné le mot : rrroux ! Tous les élèves s'étaient déchaînés : « C'est le diable, faut pas le toucher, les roux ne vieillissent pas, ils rouillent. » Jacques lui avait lancé des coups de pied pour chasser la maladie contagieuse. Seul son copain Jean avait pris son parti.

UN ARBRE, UN JOUR...

S'appeler Lebrun quand on est roux flamboyant. Ridicule ! Devenu adulte, François a envisagé de changer de nom. Ostrogoth ou Chihuahua, n'importe quoi, sauf une couleur. Ça coûtait un bras et la préposée lui a répondu que ce n'était pas justifié dans son cas. Il avait voulu se teindre en blond ou en brun. Ou alors tout raser. La boule à zéro. Mais il ne pouvait pas s'y résoudre. Sa femme, Rosalia, l'a guéri, ce qu'elle préfère chez lui, ce sont ses cheveux couleur feu et ses taches de rousseur. Dieu sait s'il a envie de la séduire encore. Pour lui, elle sera éternellement son papillon des îles. Et pour elle, il sera toujours son vaillant écureuil. Mais François désire que cela reste entre eux.

Il ramasse la nouvelle enveloppe à son intention et il l'ouvre avec mille précautions comme s'il craignait qu'une bête dangereuse lui saute au visage. *Un arbre qui tombe fait plus de bruit qu'une forêt qui pousse.* Ben voyons.

## 3 MARS

Le destin tient à une brindille. Si on m'avait planté devant l'océan, j'aurais vécu balayé par les alizés, chamboulé par les tempêtes. J'ai un avantage sur mes frères des forêts, je contemple le monde à trois cent soixante degrés. Par-dessus les toits : champs, cours de fermes, pâturages, et vallées ensoleillées. L'unique élément du village qui peut rivaliser avec moi, c'est le clocher de l'église. Cet édifice occupe une large superficie au sol et s'élance dans les nuages. Moi, j'accorde de l'espace aux promeneurs, mais la circonférence de mes feuilles au niveau de ma couronne envahit un quart de la place. Depuis dix ans, quel bonheur, cette dernière est entièrement piétonne. La seule vraie rue qui la borde est réservée aux véhicules de secours et de livraison. Trop étroites pour laisser passer des voitures, les trois autres ruelles ne s'animent que les jours de marché. J'apprécie ce calme, les enfants jouent sans danger, les passants choisissent les bancs à l'ombre ou au soleil près de la piste de pétanque.

## UN ARBRE, UN JOUR...

La place m'abrite, de toutes les maisons qui m'entourent, une seule surplombe ses voisines.

Au Nord, au 18, Adeline et Violette, les deux vieilles sœurs qui mitonnent leurs éternelles aiguillettes de canard. Certains soirs, des effluves de romarin me parviennent par la fenêtre de leur cuisine.

Au Sud, le bar de Suzanne, le quartier général des habitants.

À l'Est, Clément, au 43, à côté de la poste.

À l'Ouest, Fanny, au troisième, au-dessus de la boucherie paternelle, ouverte après-guerre.

Les teintes fanées des volets de leurs demeures me rassurent, elles se confondent avec celles de mes feuilles. Des jaunes, des gris décolorés par le soleil ou des bleus comme l'azur. Les après-midi de forte chaleur, quand ils les referment pour trouver un semblant de fraîcheur, je m'abandonne à la sieste et le vent chaud du mois d'août me fait regretter que la fin de l'été approche.

Lorsqu'ils m'ont replanté en automne, il y a cent ans, jeune arbrisseau de trois ans, mon houppier atteignait tout juste le premier étage de chez Fanny. Hormis les horticulteurs et les visiteurs

## 3 MARS

de la pépinière, je n'avais jamais fréquenté d'humains. Nous étions nombreux à craindre d'être déterrés, sans savoir si nous serions alignés côte à côte au bord d'une route, sur un square, dans un jardin ou même un cimetière. Terrorisés à l'idée d'être emportés comme nos semblables. Où avaient-ils été emmenés ? Je me souviens comme si c'était hier du jour où l'on m'a déraciné, la sueur qui coulait sur le front des ouvriers, leurs muscles tendus sur les lourdes bêches. À peine le temps d'entrevoir une dernière fois la forteresse abandonnée et le vallon dénudé. Ils m'ont jeté sans ménagement dans une benne avec d'autres orphelins. Une partie de moi est restée là-bas.

Je suis arrivé en fanfare sur la place juste avant de fêter le dénouement de ce qu'ils appellent la Grande Guerre. Seul, en exil, au milieu de ces éclopés et de ces femmes espérant le retour de leurs fils et de leurs maris. À la pépinière, mes feuilles et mes racines touchaient celles de mes compagnons, nous échangions facilement des informations. Ici, j'étais un étranger. Les humains communiquent dans une langue bizarre que peu à peu j'ai fini par deviner. À les observer, à les entendre, je perçois leurs vibrations de joie et de peur, mais je ne les comprendrai jamais complètement. Au début, l'horizon m'a manqué, puis je me suis acclimaté. J'ai grandi, lentement, et un matin, enfin, j'ai contemplé le paysage au-delà des toits de la place.

Des périodes calmes et agitées se sont succédé. J'ai découvert les journées rythmées par la frappe cadencée du maréchal-ferrant dans son atelier, le passage de l'instituteur et de ses élèves en pèlerine, les femmes au lavoir, les hommes dans les champs. Une fois par an, les lampions accrochés dans mes branches et les flonflons des bals du 14 Juillet. Comme beaucoup, j'ai vécu une deuxième guerre. Pendant plusieurs années, la plupart des habitants mâles ont déserté le village. Le jour de la Libération, les sourires ont refleuri. Sur certains visages seulement. Adeline et Violette pleuraient, leurs fiancés n'étaient pas revenus.

J'ai assisté à tant d'événements, de bonheurs, de drames : l'arrivée des premières automobiles, les hivers froids et rigoureux et la place désespérément vide, les hommes allongés sous mon feuillage par les soleils d'été brûlants. Je ne compte

## 3 MARS

plus les baptêmes et les enterrements dont j'ai été le témoin. Je survis à tout. Un soir de 1942, le maréchal-ferrant a été fusillé devant moi, abattu d'une balle en plein cœur par les siens. La cruauté de l'espèce humaine m'effraye parfois.

Par-dessus les toits, une bande de ciel vire du bleu au violet, la lumière s'étiole et les ombres mangent vignes et collines.

*Suzanne Fabre*

Suzanne n'oubliera jamais la voix au téléphone : « Ici la gendarmerie, vous êtes bien l'épouse de M. Joe Fabre ? », et cette envie de dire non, ce n'est pas moi, qui lui tordait le ventre.

Ils venaient d'emménager au-dessus du bar. Dix mois auparavant, un jeudi de mai, Suzanne avait appris par un notaire que sa tante lui avait légué son PMU dans ce village. Son métier d'institutrice la fatiguait de plus en plus, Suzanne avait lu dans un magazine que cinquante ans, c'est un bon âge pour changer de vie et surtout elle aspirait à renouer avec son enfance. Elle avait laissé derrière elle l'école dans laquelle elle travaillait depuis trente ans et la petite ville où résidaient ses amis et ses habitudes. Face aux vingt-cinq gamins de sa classe, elle avait promis de terminer l'année. En juillet, elle avait donné sa démission, en novembre, elle accueillait ses premiers clients.

Elle était convaincue que la gendarmerie lui annoncerait la mort de Joe. Mais il était vivant. Une heure après, elle arrivait aux urgences sans savoir s'il serait défiguré ou handicapé. Le verdict avait claqué : les jambes et deux vertèbres écrasées, le coude éclaté. Après huit semaines d'hospitalisation, les hématomes violets, les plâtres, les deux jambes en traction, elle le conduisait au centre de rééducation.

Qu'il aille au diable avec sa moto ! Elle l'écoute parler de ses progrès dans la piscine et des menus inodores, incolores et dépourvu de saveur, mais elle se retient de le consoler. Même si certains jours elle se sent coupable de lui en vouloir parce qu'il a enfourché son bolide un soir de brouillard malgré ses mises en garde.

## 3 MARS

Aujourd'hui, Joe n'est toujours pas autonome. Combien de temps aura-t-elle le courage de répéter ces trajets chronophages et ces visites éprouvantes au centre de rééducation ? Pourtant tout le monde lui dit : « Il l'a échappé belle. »

Elle aime être au milieu du village. Le bar commence vraiment à tourner et petit à petit, Suzanne s'attache aux consommateurs réguliers. À celui qui prédit la pluie quand ses articulations se rappellent à lui comme aux poivrots de fin de soirée. Tous accros aux billets de loto, cochent, grattent, espèrent. La vie est-elle un jeu de hasard, tout est-il écrit à l'avance ou faut-il reconnaître la chance et la saisir ? Elle n'a jamais acheté de ticket de loterie.

*Fanny Vidal*

Impossible de se concentrer. Aurélien devait venir hier, elle l'a attendu toute la journée. Fanny dispose cinq feuilles de roquette à côté de la batavia, puis laisse délicatement tomber les petits pois. Ils atterrissent en désordre et se détachent parfaitement du tissu orange vif posé sur le comptoir.

## UN ARBRE, UN JOUR...

Elle relève ses cheveux, recule de trois pas, ferme un œil. Que pourrait-elle ajouter ?

Les couleurs, leurs contrastes et leurs camaïeux inspirent son travail. Dans sa vie personnelle, les odeurs l'emportent. C'est fou comme elles guident ses choix, en particulier ses choix amoureux. À l'adolescence, ses parents avaient insisté pour qu'elle reprenne la boucherie-charcuterie familiale. Fanny ne voulait ni leur causer de la peine ni leur ressembler. Son père soulevait d'énormes pièces de bœuf sur son épaule. Sa mère vidait les lapins et les traînées de sang sur le carrelage dégoûtaient Fanny. Gamine, elle se pinçait le nez pour traverser la boucherie et entrer dans la salle située à l'arrière, refusant de respirer les relents de tripes et de foies de veau qui lui retournaient le cœur. À la retraite de ses parents, le commerce a été très vite transformé en appartement et revendu. Elle s'est installée au troisième étage. Il reste chez elle une planche à découper, un hachoir et des crochets métalliques utilisés comme portemanteaux. Elle s'est dégagée sans effort des souvenirs, mais il lui suffit de passer à proximité du rayon boucherie dans

## 3 MARS

un supermarché pour que les sensations désagréables l'assaillent à nouveau.

Elle a tenté des cours d'art dramatique. « Jolie, mais pas douée », selon son professeur. D'autres se seraient obstinés, Fanny s'est enfuie. Aujourd'hui, elle poétise et met en scène la nourriture en mariant les éléments. Elle ressent un grand plaisir à placer, déplacer, colorer, créer des minidécors avec des accessoires souvent improbables. Un immense baba au rhum de trois mètres sur quatre, escaladé par des playmobils, occupe toute la surface d'un mur du salon : la photo dont elle est la plus fière.

Il manque quelque chose à côté de la roquette pour que ce soit parfait. Le bol en faïence bleu cobalt ou le saladier en bois exotique ? Demain, elle recommencera son montage devant le photographe, d'abord enthousiaste, puis, une heure plus tard, excédé par un problème de lumière ou la tonalité des petits pois. C'est ainsi depuis quinze ans, de toute façon elle devra faire preuve de patience. Le vert sombre de la batavia ressortira mieux à côté du bol bleu. Elle sourit face à sa composition.

Au moment où elle s'apprête à prendre un cliché test, on sonne. Aurélien ? Il débarque généralement à l'improviste et jamais au moment adéquat. Dès leur première nuit, il l'a prévenue : « Je déteste les obligations, je ne vis que pour mes désirs de l'instant », et elle a trouvé cela séduisant. Le parfum d'agrumes envahit le hall d'entrée. Elle l'emmène voir son œuvre. Il tourne lentement autour du montage, puis il bouge un petit pois de quelques centimètres.

— Comme ça, c'est bien maintenant.
— Tu crois ?
— Si je te le dis.

Elle lui propose un café. Des grains rares de Colombie qu'il affectionne particulièrement. Il se cale dans le coin gauche du canapé et elle l'interroge sur l'avancée du décor qui le mobilise depuis des lunes. Elle ne connaît pas cette pièce de Labiche sur laquelle il travaille : *Le Voyage de M. Perrichon.*

— J'ai déniché des banquettes de train du siècle passé pour reconstituer un compartiment contemporain.

Ça lui plaît qu'il joue avec les époques, crée, cherche, invente. Physiquement, on pourrait les

## 3 MARS

imaginer frère et sœur. La même mèche qui retombe sur le front et comme elle, il écarte cette boucle brune. Elle s'assied à côté de lui et il l'embrasse, enfin. Elle aime la douceur de sa bouche, quand elle est avec lui elle n'a besoin de rien d'autre. Au moment où il éloigne ses lèvres des siennes, il murmure :

— Tu ne m'as pas dit que le platane allait être abattu.

— Notre arbre ?

Fanny se lève et regarde par la fenêtre, les yeux fixés sur les feuilles qui ondulent légèrement. Elle reconnaît tout de suite le vent du sud à leur inclinaison.

— Je l'ai entendu en arrivant. L'arbre tombera le 21 mars, sur ordre de la mairie.

Elle était partie deux jours à Toulouse et à son retour, personne ne l'a tenue au courant. Aurélien la rejoint près de la fenêtre et l'attire contre lui.

— Laisse-moi !

Il l'attrape par la taille.

— Qu'est-ce que tu en as à foutre de ce platane ? demande-t-il d'un ton brusque.

Pourquoi leur réaction à tous les deux est-elle si violente ? D'habitude, Fanny évite les conflits et cela vaut-il le coup de se disputer ? Elle lui souffle dans l'oreille :

— Je suis contente que tu sois venu.

Aurélien lui réclame un deuxième café, et pendant qu'elle moud les précieux grains, il s'adosse au frigidaire. Elle a l'étrange sensation qu'il la regarde d'une manière particulière.

— Je te mets au défi : si le platane est abattu je te quitte, s'il est sauvé je t'épouse, lance-t-il en riant.

# 4 mars

*Raphaël Costes*

— Vous voulez signer ma pétition ?

À l'instant où Raphaël s'arrête devant la porte de son psy, un gamin essoufflé, les cheveux ébouriffés, lui tend un papier et un crayon, en même temps qu'il réitère sa demande.

— Quelle pétition ?
— Pour sauver l'arbre sur la place.
— Que se passe-t-il ?
— Ils vont l'abattre.
— Qu'est-ce que tu me racontes ?
— Je vous jure, dans dix-sept jours.
— Comment le sais-tu ?
— Allez voir, l'avis est cloué dessus.

Raphaël tourne autour du platane et Clément le suit.

— Comment tu t'appelles ?
— Clément. Ça veut aussi dire doux, sage, indulgent. La maîtresse nous l'a expliqué la semaine dernière.
— Moi je dirais plutôt curieux, culotté, concerné. Et c'est un compliment. Donne-moi ton crayon, Clément, je vais te la signer, ta pétition. Tu as raison, il est somptueux, cet arbre. Ce serait de la folie de lui faire du mal.

Ils sont face à face devant le platane. Quelque chose intrigue Raphaël depuis le début de leur conversation. Il pose enfin la question.
— C'est quoi cette clé que tu promènes autour de ton cou ?

Le gamin se ferme.
— C'est rien.
— Je te laisse, j'espère que tu récolteras plein de signatures.

Cinq marches, un palier, sept marches, un couloir. Raphaël entre dans la salle d'attente, hésite entre les différentes chaises, feuillette une revue puis une autre. Que pourrait-il raconter aujourd'hui ? Pendant les premières séances, il y avait des blancs, du vide, un malaise, trop

## 4 MARS

de silence. Ensuite, il a décrit en détail ses films préférés. Après, il a romancé sa vie, mêlant le faux et le vrai, histoire de gagner du temps. Les choses auxquelles il pense avant le rendez-vous, il n'arrive plus à les formuler face à Jacques Dumoulin. Il ne va quand même pas lui parler à nouveau de sa semaine, partagée entre quatre jours de travail, un jour de bénévolat consacré à soigner les dents des réfugiés, deux jours où il alterne marche, entraînement de basket et découverte d'une ville. Tout ce qui est dit peut être retenu contre vous.

Encore une fois, ses pensées le ramènent à son incapacité à choisir. Dans son métier, il n'hésite jamais entre une couronne ou un bridge, une gingivite et une parodontite, une ou plusieurs piqûres. En dehors du boulot, c'est le contraire. Devant lui, un ficus desséché. Si les potes avec qui il a ouvert le cabinet dentaire requièrent son avis pour une plante dans l'entrée, impossible de répondre. C'est Denis qui lui a conseillé de sauter le pas et de venir consulter. Denis Chavignol, son ami d'enfance, son associé. Depuis que Raphaël a vingt-cinq ans, tout se complique, comme si à partir de cet âge-là, tomber amoureux suppose

## UN ARBRE, UN JOUR...

un avenir commun et un engagement sur cinq décennies qui coupe toute capacité poétique et étouffe la légèreté. Il aurait pu faire sa vie avec Dorothée, la libraire de son village, ou Carole, avec qui il a suivi un stage de stomatologie, ou encore avec cette journaliste rencontrée à Marseille. De belles occasions qui se sont évanouies. Son cœur ne s'emballe plus. Progresse-t-on davantage en se confiant à un professionnel des « mots de tête », plutôt qu'à un inconnu dans le bus ? Il paraît que payer favorise la guérison. Et ce petit garçon, d'où venait-il ? La clé autour de son cou lui rappelle deux autres clés, celles de ses parents divorcés. « Tu as de la chance, deux chambres, deux fois des vacances », disaient ses copains, mais Raphaël restait incapable de choisir, poursuivi par la sensation de ne jamais se trouver au bon endroit. Un soir, à la foire du Trône, la question de son cousin Mathieu l'avait poignardé : « Tu préfères habiter chez ton père ou chez ta mère ? » Et dans le camion de pompier miniature, en pleurant, il avait balbutié « chez personne ». Ni à Aix chez son père ni à Bordeaux chez sa mère. Lui, il voulait ses parents ensemble, dans leur maison, à Montpellier.

## 4 MARS

Avant de livrer quoi que ce soit sur ses états d'âme, la première chose dont il souhaite parler à Jacques Dumoulin, qui l'observe depuis cinq minutes dans un silence oppressant, c'est de l'arbre. Ce ne sera plus pareil s'il disparaît.

— On m'a demandé de signer une pétition pour défendre le platane.

— Décidément, cet arbre... Expliquez-moi pourquoi il prend une telle importance dans notre travail.

*François Lebrun*

Le nouveau message découvert ce matin déconcerte François. Le premier l'avait surpris, celui-ci l'intrigue. Il devrait peut-être en parler à M. le maire. Le moment est venu de prendre une décision et ce genre de responsabilité l'inquiète. Il se penche à nouveau sur le papier. La même écriture que la dernière fois. *Le plus vieil arbuste recensé sur terre : le houx royal de Tasmanie – 43 000 ans.* Foutaises ! Impossible ! Rien ne vit aussi longtemps.

## UN ARBRE, UN JOUR…

Lui, il a cinquante ans, il s'est marié il y a deux ans avec une fille de La Réunion et il va bientôt devenir père. Quarante-huit ans, c'est tard pour se marier. Cinquante ans, ce n'est pas raisonnable pour avoir un bébé. Il a vu passer l'annonce sur internet et quatre mois après, les fleurs de la jupe chamarrée de sa fiancée envahissaient le hall d'arrivée de l'aéroport de Roissy où une dizaine d'heureux élus se découvraient comme eux en chair et en os. En plein mois de novembre, un petit bout de femme aux cheveux noirs avec la peau mate et de grands yeux poussait une valise à roulettes surmontée d'un volumineux sac en plastique, bourré à craquer de vêtements d'été. François entend encore le claquement de ses tongs sur le béton. En apercevant ses grosses bottines à lacets, sa promise a souri et c'est à ce moment-là qu'il est tombé amoureux d'elle.

On a beaucoup jasé dans le village quand Rosalia a emménagé chez lui. Même son voisin qui lui avait conseillé de rencontrer une femme de cette façon est resté distant un long moment. Un de ses collègues lui a demandé : « Combien tu l'as payée, ta "colorée" ? » François a répondu

## 4 MARS

calmement « tu ne répètes jamais ça ». Et personne ne lui a plus posé une seule question sur la mariée venue d'ailleurs. Rosalia, de vingt ans sa cadette, lui insuffle de la force et le courage d'exister. Avant, seul le travail de François comptait, maintenant sa femme donne du sens à son existence. Elle a connu les ouragans, les pluies diluviennes et le chômage à 22 %. Elle ne lui demande pas plus que le confort et la sécurité et pour le reste, elle l'accepte comme il est. Malgré son côté carré, il est finalement tendre, avec ses compliments maladroits, sa poésie façon ramasseur de feuilles mortes et son romantisme d'ouvrier municipal, pas très doué pour la séduction. En l'attendant, il avait repeint la chambre et lui avait préparé un nid douillet. La cuisine est bien agencée, le salon confortable et chaque soir, elle l'accueille avec des spécialités antillaises, aussi pimentées que chacune de ses caresses.

D'un jour à l'autre, leur enfant viendra au monde et cette perspective projette François dans un avenir qui ne lui ressemble pas. Va-t-il être à la hauteur de cette nouvelle vie ? Pourvu que l'accouchement n'ait pas lieu entre huit heures et dix-sept heures.

UN ARBRE, UN JOUR...

Et surtout pas le 21 mars, le jour de l'abattage. François ne peut pas se trouver partout à la fois. Consciencieux jusqu'au moindre détail, il connaît le nom de tous les arbres du village et leurs spécificités. Le platane est un des seuls dont les feuilles ne se décomposent pas. L'automne prochain, terminé les deux heures de balayage quotidiennes pendant trois semaines pour venir à bout de cette montagne. Si c'est une statue qui le remplace, il aura moins de boulot. Quoique, les fientes d'oiseaux, ça colle. Il en sait quelque chose. Une fois par mois, il troque son balai contre une brosse en fer et du vinaigre et dans le parc, il décape le buste du général dont il ne se rappelle jamais le nom.

Assez gambergé, c'est l'heure de partir chercher la mère de Rosalia à l'aéroport. Tout le monde l'affirme, les belles-mères peuvent transformer le paradis en enfer. Mieux vaut les tenir à distance plutôt que de les avoir dans les pieds, mais pas le temps de se prendre le chou, la sienne débarque de La Réunion et s'installe chez eux pour une durée indéterminée.

## 4 MARS

*Adeline Bonnafay*

La sonnette retentit. Adeline sursaute et sort de sa somnolence. De la fenêtre, sa sœur a repéré le gamin qui s'approche de chez elles. D'un ton triomphal, elle annonce son arrivée à Adeline. Violette n'aime pas les journées où il n'arrive rien de particulier.

— Encore lui ! La semaine dernière, j'ai entendu à la boulangerie qu'il avait séché les cours, commente Adeline.

Que va-t-il inventer cet après-midi ? Tous les mois, Clément débarque avec une idée farfelue différente et Violette refuse à chaque fois de l'aider. De son fauteuil en velours, une couverture sur les genoux, Adeline écoute la discussion dans le hall d'entrée.

— Si tu viens pour les dauphins, je t'ai déjà dit que je ne sais pas nager. Et puis, cesse de sonner à tout bout de champ.

— C'est pas pour les dauphins, je vends des badges *Touche pas à mon platane*.

— Cela fait quatre-vingts ans que je ne grimpe plus aux arbres. Tu n'aurais pas un badge *Passe ton chemin* ?

Violette finit par renvoyer le petit qui insiste avant de renoncer puis elle referme la porte de manière brusque.

— Tu l'as expédié un peu vite, je lui aurais bien acheté un badge, moi.

— Tu es trop naïve, toujours la première à mordre à l'hameçon.

C'est ainsi qu'elles vivent toutes les deux, chacune houspillant l'autre à la limite de la dispute. Elles s'arrêtent à temps. Après plusieurs décennies de vie commune, elles savent de quel bois se chauffe leur partenaire et pressentent qu'une séparation leur causerait plus de tort que de bien.

*Clément Pujol*

Quelles sorcières radines, ces deux sœurs ! se dit Clément en dévalant l'escalier. Celle qui ressemble à un homme lui a tout juste entrouvert la porte et il entendait l'autre marmonner depuis l'entrée. Même pas fichues de donner cinquante cents. Comment trouver de l'argent pour photocopier la pétition qu'il aimerait distribuer dans les boîtes aux lettres du village ? Assis sur le trottoir

## 4 MARS

de la boulangerie, Clément aligne ses badges et les compte plutôt que de rentrer apprendre ses leçons. S'il en vend trente, il pourra s'offrir le mégaphone qu'il a repéré dans un vide-greniers la semaine dernière avec ses parents. Il lève les yeux vers le PMU, Suzanne l'appelle d'un signe, il rassemble promptement ses affaires.

Encore humide, le carrelage glisse. Debout à côté du seau d'eau sale et de la serpillière, Suzanne l'apostrophe :

— Qu'est-ce que tu en penses ? Je devrais peut-être lui chercher un nom.

— À qui ?

— Au bar. Tu préfères *Le Cigalou* ou *Le Baratin* ?

— *Le Cigalou*. Vous n'avez pas envie de m'acheter un badge ?

— Qu'est-ce qui est écrit ?

— *Touche pas à mon platane.*

— Tu les as fabriqués toi-même ?

— J'ai utilisé des bouchons de bouteilles de lait et des épingles à nourrice.

Il lui chuchote qu'il a terminé au milieu de la nuit de coller la phrase sur les bouchons et que du coup il s'est endormi pendant le cours de maths ce matin.

— Faut pas le dire à maman.

— Promis. Ils sont très réussis, je t'en prends trois et on va en déposer d'autres près de la caisse. Repasse demain pour voir s'ils sont partis. Tu veux une limonade ?

— Oui merci. J'adore.

Clément s'accoude au comptoir comme s'il avait fait ça toute sa vie, il fixe les bulles de sa boisson pétillante et il murmure :

— À quel âge on peut travailler dans un café ?

— Tu as le temps, ne sois pas pressé de devenir grand.

— Après, il sera trop tard pour sauver l'arbre. Ça se voit que j'ai dix ans ou je peux passer pour en avoir douze ?

Vivement qu'il souffle quinze bougies et que les adultes cessent de lui répéter à tout bout de champ « quand tu seras grand ».

— Je m'occuperais des grenadines.

— Même les diabolos menthe, ce n'est pas possible, mais tu laveras les verres de temps en temps et je te donnerai une petite pièce.

Clément sourit à Suzanne en sirotant sa limonade.

# 4 MARS

*Suzanne Fabre*

Lorsque Suzanne proposait à sa tante de travailler au bar pour gagner de l'argent de poche, celle-ci lui répondait aussi « quand tu seras plus grande ». Perchée sur un haut tabouret, Suzanne observait le ballet incessant des mains de Judith qui frottaient le zinc ou versaient à boire, son corps qui tournait sur lui-même pour attraper une bouteille haut placée, le tissu de sa jupe qui se tendait et le regard des hommes sur ses fesses. L'atmosphère particulière du bar la fascinait, un mélange de convivialité, de familiarité et de confessionnal. À l'écoute des rêves, des malheurs et des secrets, sa tante offrait à chacun son attention et un encouragement alcoolisé. Vers huit ans, Suzanne avait reçu l'autorisation de laver les verres sur la brosse ventousée dans le fond de l'évier. Maintenant, c'est à elle que revient le plaisir de servir à boire et avant tout d'écouter les clients.

Pour remplir la cave et relancer l'établissement, elle a dû convaincre son banquier de lui accorder un prêt. « Un gros risque, madame Fabre. Ce n'est pas de cette façon que vous vous enrichirez, devenir indépendante à votre âge ! Il faut de l'énergie, vous tiendrez le coup ? » Mais ce gros risque, elle l'assume. Le soir, ses jambes et son dos ne sont plus que courbatures, elle maudit Joe, ce serait différent s'il était là pour l'aider. Néanmoins, elle n'abandonnera pas la partie, le découragement ne lui ressemble guère. Dans sa classe, quand un élève butait sur l'orthographe, elle se jurait qu'au mois de juin il écrirait sans fautes.

Et puis elle aime entendre : « Hé ! Suzanne, tu nous remets trois pastagas. » Pour les piliers, un signe de tête, un doigt qui tape le verre vide lui suffisent, elle comprend.

— Suzanne, tu rêves ?

Casquette vissée sur le front, visage buriné, Félix passe à la sauvette. Il se réfugie ici pour échapper à sa femme qui a systématiquement une course ou un bricolage à lui coller sur le dos.

— Je pensais à ma tante.
— Ah ! La Judith ! Elle nous manque.
— À qui le dis-tu !
— Tu as bien fait de reprendre le bar, la place revit. Je l'ai toujours connu là, ce n'était plus la même chose sans le PMU.

## 4 MARS

C'est fou comme une simple phrase confirme la décision de Suzanne, jusqu'à estomper ses douleurs.
— Qu'est-ce que je te sers, Félix ?
— Un café serré et donne-moi deux billets de loto... gagnants.
Il cligne de l'œil et rit de son éternelle blague, dont il use et abuse devant le comptoir.
— Tu as engagé un gars pour vendre tes artichauts ?
— Rien ne t'échappe.
— Il est dans ma ligne de mire, sous le platane.
— Je suis tombé dessus par hasard. Il a vingt-cinq ans, il se cherche. En attendant de se trouver, il faisait la manche, j'ai préféré lui donner un boulot.
— Il vient d'où ?
— Je ne sais pas, il crèche dans sa camionnette.

Comme sa tante auparavant, Suzanne est au courant de tout. La plupart des habitants du village s'arrêtent quotidiennement au bistrot. Certains s'installent au zinc, d'autres en terrasse. Tous font partie du décor. Les potins virevoltent autour de la place, rebondissent sur le parvis de l'église, ricochent sur le mur de la poste, et, amplifiés par les commères du marché, atterrissent au PMU.

Du seuil de la porte, Félix se retourne.

— Bonne journée, Suzanne. Tu mets ma note sur l'ardoise ?

## *Manu*

Déjà onze heures ? Le temps a filé. Félix sort du PMU, s'approche et contemple les cagettes remplies à ras bord d'artichauts. Mis à part le tatouage inattendu d'une licorne qu'on entrevoit dans l'échancrure de sa chemise, un vrai personnage échappé d'un bouquin de Pagnol, se dit Manu. Manquerait plus qu'il s'appelle Marius.

— Combien tu en as écoulé depuis ce matin ?

— Une dizaine.

— Une dizaine ? Tu es certain que tu sais encore compter ? Tu m'as l'air à l'ouest mon garçon.

— C'est pas un légume facile à refiler, y a du boulot avant de commencer à becqueter.

Les poings sur les hanches, Félix hausse le ton. Exactement la même attitude que le père de

# 4 MARS

Manu quand il se fâchait contre lui. Ils ont le même âge, mais le père de Manu paraît vingt ans de plus. Manu aurait-il préféré un paternel agriculteur plutôt qu'assureur ? Et si c'était le cas, serait-il parti vivre en ville et devenu employé par esprit de contradiction ?

— Au contraire, il se marie avec n'importe quoi et il sauve tous les plats. En beignet, poêlé à l'ail, dans une salade ou cru, avec un peu d'anchoïade, du parmesan et une poignée de fèves. L'artichaut, c'est le roi de la Provence.

— Faut pas exagérer, c'est quand même pas le melon.

— Allez, réveille-toi, au travail. Je repasse tout à l'heure.

Manu bâille, il piquerait bien un roupillon, mais la marchande de fromages de chèvre élève la voix devant un client mécontent. Voilà deux touristes qui arrivent, il leur vendra au moins une cagette. Comme ça, il aura rempli le quota et puis basta ! Elle finit quand, la saison des artichauts ? Il pourrait sillonner les Pyrénées ou la Bretagne et installer son lit face à la montagne ou la mer. Suivant d'où vient le vent.

UN ARBRE, UN JOUR...

Comme dans les sous-bois, à certaines heures il règne dans le village une absence de précipitation. Les hommes savourent le moment, la douceur de la brise, un pastis en terrasse ou assis, bien alignés sur un muret de pierre, comme de petits arbustes tranquilles, ils attendent que le marché se termine.

Les étals enfin partis, la place est libre pour s'adonner à leur distraction favorite. Je ne me suis jamais lassé de les observer lancer ces boules brillantes vers une minuscule sphère en bois dont le drôle de nom m'échappe. Le moustachu repousse régulièrement l'une d'elles avec le pied quand on regarde ailleurs. Jalousé par l'assemblée, le mari de la boulangère rate rarement son tir. Un vrai coup de maître ! Si c'est le chauve qui pointe, je vais à nouveau me faire canarder. Si le facteur perd, il va encore râler. Au bord de la piste, ceux qui commentent la partie, bombent le torse et se vantent qu'ils auraient certainement fait beaucoup mieux.

# 4 MARS

Dès qu'ils sont sur un terrain de jeu, les hommes, tels de grands enfants, s'agitent, crient, se poussent du coude pour emporter la coupe. Leurs rires, leurs injures et leurs chansons m'accompagnent. Le bonheur, alors, tournoie dans l'air, comme si la légèreté se faufilait dans leur vie. J'ai l'impression de les préserver du temps qui passe et je voudrais que ce soit immuable, comme la venue de la nuit après le jour.

Désertée pendant des mois, la place renaît depuis la réouverture du bar, et même s'ils picolent parfois trop, l'atmosphère semble redevenue joyeuse. J'aime le bruit métallique des chaises que Suzanne rentre le soir. C'est la dernière personne que je vois avant d'abaisser mes branches et de me laisser aller doucement au repos. Les arbres dorment, les humains l'ignorent. Tant mieux, s'ils pensaient que nous ne les protégions pas en permanence, ils pourraient vouloir nous abattre tous.

# 5 mars

*Fanny Vidal*

Le téléphone posé devant elle, Fanny attend qu'Aurélien se manifeste et efface cette phrase absurde de la veille.

Un message arrive en début d'après-midi. Laconique : *Alors, ton arbre, toujours debout ?* Il ne plaisantait pas en lançant son défi. Il confie leur avenir à une décision qui ne dépend même pas d'elle. Elle ne rêve pas de sortir de l'église sous les applaudissements et les grains de riz, mais de là à ce qu'il disparaisse de sa vie ! Il lui reste donc à débattre avec le maire et mobiliser les gens du village pour sauver le platane. Devra-t-elle indéfiniment « payer » pour qu'un chapitre de son histoire avec ce lanceur de dés s'écrive ?

Elle traverse la place, en respirant l'odeur du pain frais qui s'échappe du four de la boulangère, et elle entre chez Suzanne. Depuis la réouverture, c'est ici qu'elle commande le plat du jour lorsqu'elle est fatiguée de cuisiner et qu'elle avale café et croissant, le plus souvent au comptoir en zinc, avant d'attraper son train.

— Et la rééducation de Joe, ça avance ?
— Pas terrible.

Elle a tout de suite accroché avec Suzanne, cette grande femme au visage anguleux. Coquette, joviale, extravertie, elle porte chaque jour de nouvelles boucles d'oreilles et règne sur son territoire de quinze tables, vêtue d'un haut moulant de couleur vive et d'un legging imitation peau de zèbre. À cent mille lieues du look auquel on s'attend pour une ancienne institutrice.

— Que disent les médecins ?
— Pour l'instant, ils restent vagues.

Fanny s'installe près de la fenêtre. Les ampoules suspendues à différentes hauteurs par Suzanne à la place des horribles néons donnent au bar un faux air de troquet parisien. De sa table, elle bénéficie d'un angle de vue différent sur le platane. Son

## 5 MARS

écorce grise, jaune et verte ressemble aux écailles décolorées d'un serpent qui aurait passé son existence sous le soleil. Il lui paraît si seul aujourd'hui.

— Tu jettes un coup d'œil à la salle pendant que je descends chercher un casier de bières artisanales ?

Fanny fixe son téléphone. Pourquoi relire le dernier message d'Aurélien plusieurs fois de suite ? Comme si elle espérait qu'à la onzième lecture *Alors ton arbre, toujours debout ?* se transforme en *Tu me manques, j'arrive.* Jusqu'où est-elle capable de suivre cet homme ?

Fanny interpelle Suzanne qui remonte de la cave, les bras chargés :

— Il faut demander des explications à la mairie pour l'arbre. Je refuse de le laisser tomber.

Suzanne range les bières avant de lui répondre d'un ton résolu.

— On va y aller ensemble et faire annuler cette décision. Ils ne le remplaceront pas par des parasols. Il était déjà là quand je venais enfant, c'est un peu pour lui que j'ai repris le bar.

Malgré la détermination de Suzanne, les mots d'Aurélien continuent de tourner en boucle dans la tête de Fanny : « Si le platane est abattu, je te quitte, s'il est sauvé je t'épouse. » Au début, ce jeu qu'il avait établi entre eux l'amusait. Toutes les deux semaines, un nouveau défi, parfois excitant, parfois plus inquiétant. Lorsqu'ils avaient dîné dans ce restaurant au bord de la rivière, tout s'était déroulé comme elle l'imaginait et même mieux, puis au dessert, avant de plonger sa cuillère au milieu de l'île flottante, il lui avait murmuré les yeux dans les yeux : « J'ai toujours rêvé de sortir avec une blonde, si tu te teins les cheveux comme Mireille Darc à vingt ans, je t'offre un week-end à Londres. » Après, il avait ajouté en rigolant : « Je teste ta personnalité. » Et maintenant, il voudrait l'épouser ? Ils n'ont pourtant jamais parlé de vivre ensemble. Une demande en mariage assortie d'un ultimatum, quelle drôle de façon d'aborder le sujet. Elle commande un deuxième café.

— Tu es bien songeuse, lui dit Suzanne.
— La vie est trop compliquée à mon goût.

Avant que son café ne refroidisse, Fanny l'emporte sur la terrasse. Suzanne termine de laver les verres puis s'assied près d'elle. Le message à

## 5 MARS

Aurélien vient de partir : *Et pour les alliances, avec ou sans brillants ?*

Elle aussi elle peut « jouer ». Un instant elle a envie de tout raconter à Suzanne, mais elle s'abstient. L'arbre semble les dévisager toutes les deux.

*Clément Pujol*

Clément découvre un grand album avec un marque-page dans sa boîte à livres installée près du bar. Son école en a construit une au milieu de la cour de récréation et le directeur leur a expliqué le principe : redonner une nouvelle vie aux livres, les partager une fois qu'on les a lus. Chacun peut gratuitement en prendre ou en laisser, ainsi d'autres personnes en profitent à leur tour. C'est ce qui lui a donné envie de bricoler la sienne avec une caisse à vin. Il a fait le tour des voisins : « Vous n'avez pas un bouquin dont vous voulez vous débarrasser ? »

À six ans, Clément rêvait de conduire des camions, désormais, à dix ans, il rêve de diriger la bibliothèque municipale. Il aime ranger, classer, numéroter, comme il aime compter les branches du platane et le nombre de feuilles qui lui restent en hiver.

Il tient un carnet où il note d'un côté les livres qui sont partis, de l'autre ceux qui arrivent. Pendant des semaines, il est passé plusieurs fois par jour vérifier si la boîte avait du succès et puis un mardi, une surprise l'attendait. Un inconnu avait déposé le premier livre. Des photos en couleurs de grenouilles du monde entier, dans des mares, des étangs, sur des nénuphars. Il l'avait parcouru dans tous les sens avant de le reposer délicatement à l'intérieur de la caisse en bois. Le lendemain, la surprise avait disparu, elle avait plu à quelqu'un. Et à sa place, un dictionnaire des synonymes. Il avait cherché l'adjectif correspondant à son prénom. Clément : bon prince, magnanime, miséricordieux.

## 6 mars

La revoilà ! Toujours aussi élégante avec sa silhouette gracieuse aux ailes effilées. J'aime son plumage contrasté, le dessus bleu sombre aux reflets métalliques, le dessous blanc crème et sa gorge rouge foncé. Elle doit être épuisée par ce périple. Viens, pose-toi, repose-toi sur une de mes branches. Réchauffe-toi au soleil, mon hirondelle.

À cette saison, mes feuilles ne lui font pas encore d'ombre. Je l'observe attraper au vol un insecte, raser la surface d'une flaque pour se désaltérer, atterrir avec délicatesse sur le bord d'un toit puis s'envoler, tournoyer, virevolter et me présenter son numéro de haute voltige. Ensuite, je veille sur elle pendant qu'elle façonne son nid dans une encoignure de la place. Au bout de son bec, un brin d'herbe ou une plume, c'est selon. Elle maçonne aussi habilement qu'un homme.

Maintenant, gazouille, ma belle, lance tes trilles et fais chanter mon feuillage après cet hiver interminable. Par quelles contrées es-tu passée ? As-tu croisé certains de mes frères le long des fleuves grandioses et d'autres dans des forêts profondes ? Offre-moi ton carnet de voyage. La température était-elle clémente ? Lassé de cet unique décor, ici, moi, j'avais froid. Toi, tu as vu le monde, parfois je t'envie. Je déteste la neige, la grêle, et la nudité que m'imposent novembre, décembre et janvier. Je suis conçu pour abriter. Je préfère l'été et ses orages, les ciels tourmentés et leurs couleurs capricieuses.

Je les connais par cœur, ces hirondelles. Celle-ci change de mâle comme de chanson. A-t-elle déjà élu son partenaire éphémère parmi ceux qui la courtisent avec leurs cris et leurs danses

## 6 MARS

inventives ? Chaque printemps, lorsqu'elle réapparaît au moment où je suis le plus beau, paré de mes bourgeons et de mes feuilles vert tendre, comme elle en avance cette année, je ressuscite.

Sous ma frondaison : abeilles, cigales, chauves-souris, chenilles vivent leur vie sans me demander l'autorisation. C'est à toi que je suis attaché, mon hirondelle. Petite, légère comme une poignée de paille, mais libre et prenant tous les risques pour survoler à tire-d'aile des milliers de kilomètres.

L'inconnu, les ouragans, les cyclones ne l'arrêtent pas, alors que moi, ils m'effrayent. Est-ce à cause de ces dangers, que nous, les arbres, prenons racine ? Que ferais-je de cette liberté ? Immense. Affolante. Mystérieuse. Où irais-je ? Découvrir d'autres lieux, retrouver ma famille originelle ? La forêt la plus proche se trouve à des kilomètres. Sur cette place, j'ai mes habitudes, entre un pot de lavande et la glycine qui serpente le long du mur du 34. Je suis immobile, mais je suis heureux quand il pleut, joyeux quand la brise me caresse doucement. Mes souvenirs remontent avant la naissance de chaque habitant. Lorsqu'ils

## UN ARBRE, UN JOUR...

seront tous partis, je serai encore là, à regarder jouer leurs enfants et les enfants de leurs enfants.

Combien d'années vit une hirondelle ? La grise avec sa ligne bleue sur la tête, cinq ans, puis pffft disparue. Combien de printemps partagerons-nous ? Je ne veux pas savoir. Le jour où tes ailes seront fatiguées, si tu choisis de rester, nous vieillirons ensemble.

# 7 mars

*Raphaël Costes*

Alors que Raphaël marche d'un bon pas, il se dit qu'il a aussi chaud qu'en plein été. Clément surgit à ses côtés et l'entraîne par le bras vers le platane.

— Vous avez remarqué que même au soleil, les fourmis n'ont pas d'ombre. Regardez-les, elles grimpent en file indienne, des racines au sommet. Que vont-elles devenir si leur plaine de jeux disparaît ? Vous aimez Lucky Luke ? Je rêve parfois d'être un cow-boy, pas vous ? Quelqu'un dépose régulièrement des bandes dessinées dans la boîte. Vous connaissez ma boîte à livres ?

Raphaël tournicote le bouton de sa chemise. À quelle question répondre d'abord ? Sa séance débute dans cinq minutes. Pour la deuxième fois, Clément s'est précipité sur lui au moment où il allait sonner et ça lui fait plaisir. Le désir de parler du petit garçon semble inépuisable.

— Je veux écrire au président de la République pour lui demander de gracier le platane.

Clément insiste et capte son attention avec ses yeux noirs, vifs et intelligents.

— Mon père m'a fait découvrir les chansons de Boris Vian. Il suit des cours de trompette à l'académie et me joue souvent *Le Déserteur*. J'ai retenu les paroles. M. le président, je vous fais une lettre... c'est ce qui m'a donné l'idée. J'ai trouvé l'adresse de l'Élysée et s'il le faut j'irai la porter moi-même à Paris. Vous pouvez m'aider pour l'orthographe ?

Raphaël écoute l'enfant. Doit-il l'aider maintenant ou entrer chez son psy ? La dernière fois qu'il a hésité pour quelque chose d'important, c'était entre le GR20 en Corse, le plus beau et le plus difficile, et le GR entre Nice et Menton. Finalement, son ami Denis a choisi.

— Pourquoi vous touchez sans arrêt le bouton de votre chemise ?

Raphaël s'immobilise.

# 7 mars

— Et toi, avec toutes tes questions, répond-il en souriant, tu te prends pour le Petit Prince ?

À son âge, aurait-il eu l'audace d'aborder des inconnus pour sauver un arbre ? C'est l'enfant qu'il n'a pas eu le temps d'être qui demande à Clément :

— Où va-t-on l'écrire, cette lettre ?

Le visage du môme s'illumine.

— À la terrasse du bar. Suzanne est dans notre camp, tous ceux qui mènent la bataille sont les bienvenus. Et votre rendez-vous, alors ?

Raphaël n'hésite plus et pourtant s'il y a un truc qu'il déteste, ce sont les patients qui annulent sans prévenir.

— Ce sera pour un autre jour.

Clément fixe la plaque gravée.

— Qu'est-ce qu'il va dire le « psychologue agréé » ?

— Il aura toute la séance pour admirer l'arbre, ça lui fera du bien.

*Adeline Bonnafay*

— Tu as de nouveau ajouté du pastis dans la recette !

— Ça n'a jamais tué personne.

Violette aime lever le coude.

Adolescentes, on les prenait pour des jumelles. Les mêmes traits, les mêmes yeux, les mêmes corps élancés. Maintenant qu'elles sont plus âgées, elles se ressemblent davantage encore. Trois centimètres de moins sous la toise et deux figues sèches à la place des seins. Si semblables physiquement et si différentes de caractère. Constamment en chamailleries et pourtant inséparables, unies à jamais par le souvenir de leurs fiancés, morts sous un pont l'ultime semaine de la guerre. Résistants, mais pas assez pour survivre, enterrés avec leurs médailles, leurs noms gravés à l'entrée du village. Entre un Gaston Fougerolles et un Jacques Vallauris, les frères Lacoste, Antoine et Bernard. À quoi servent des fiancés sous terre ? On ne fait pas sa vie avec des patronymes figés dans la pierre. Ligotées par ce destin, leurs chagrins ont suivi des directions

# 7 MARS

opposées. L'imagination a pris le pouvoir chez Violette, tandis qu'Adeline s'est réfugiée dans la nostalgie.

Invariablement disposés là, du lundi au dimanche, à cinq heures du soir, le pyjama rayé de l'une et la chemise de nuit rose de l'autre s'étalent sur les lits de leurs chambres contiguës. Tout à l'heure, portes entrouvertes, elles chantonneront un air de Trenet, comme quand elles avaient dix-sept ans, et s'endormiront le sourire aux lèvres, bercées par la ritournelle des jours insouciants.

— Tu as déjà pensé que nous sommes les dernières Bonnafay ?

— C'est le pastis qui conserve.

J'ai observé qu'avec le temps, les humains vacillent davantage. Ils peuvent se reposer sur nous, les arbres sont plus forts, plus solides. Suzanne s'adosse contre moi, épuisée, je sens sa fragilité malgré son corps charpenté. Fanny attend. Violette et Adeline sont toujours seules. Désormais, les sœurs Bonnafay renoncent à prendre la navette du samedi pour aller en ville. Qu'elles ne s'inquiètent pas, je veille sur mon petit monde.

Les humains nous serrent dans les bras, nous écrivent des poèmes et des chansons, gravent des prénoms sur nos troncs, et nous acceptons sans broncher. Nous leur offrons volontiers l'oxygène dont ils ont besoin.

Nous les arbres, nous avons également nos rêves, nos envies d'ailleurs, nos moments de solitude intense. Quelquefois, comme eux, nous titubons au bord de l'abîme. Et les sapins ! Idolâtrés pendant trois semaines, ampoulés, enguirlandés, choyés, illuminés, couverts de cadeaux et quelques jours après, déposés, nus et morts, sur le trottoir.

Comment les hommes le devineraient-ils ? Nous parlons une langue différente. S'ils étaient conscients que je peux aussi avoir peur ou mal ou être fatigué, agiraient-ils autrement avec moi ? S'ils ressentaient que j'aime leurs caresses, m'en donneraient-ils plus souvent ? Suis-je à leurs yeux un être vivant au même titre qu'eux ?

## 7 MARS

*François Lebrun*

Un corbeau dans le village ! Et le maire parti en vacances ! Quelqu'un vient la nuit sur la place et colle à la dérobée ces appels à la rébellion. L'avis est arraché et les messages anonymes continuent d'être placardés sur le platane. Ce matin, trois mots : *Mourir au printemps !* À quoi bon toute cette agitation pour quelques branches brisées ? La mort d'un arbre ce n'est quand même pas la mort d'un homme. François garde les messages, les relit, se demande s'il y a une suite logique et qui pourrait en être l'auteur. Une écriture calligraphiée, sage et régulière, similaire à celle des dernières intimidations. Désormais plus d'enveloppes à son nom. Aucune signature.

Avant de ronronner à côté de sa douce, François s'imagine se faufiler dans le noir avec une lampe de poche, se cacher derrière le muret et démasquer le corbeau. Sa femme dort à poings fermés. Elle voudrait appeler le bébé Rosario si c'est un garçon et Louna si c'est une fille. Avant leur rencontre, les choses étaient claires, il ne voulait plus être seul et elle voulait quitter son île. Depuis son arrivée, il est envoûté. Un ensorcellement lumineux et fragile qui lui convient. Mais, au-delà de l'ensorcellement, il a appris à la connaître et apprécie sa manière presque paisible de régler les conflits. Rosalia ne lui adresse jamais de reproches. Quand quelque chose ne lui plaît pas, elle s'arrange pour que ça change. À la fréquenter, il a l'impression qu'il est devenu un homme meilleur. Pour le prénom de leur enfant, c'est elle qui choisira. Être amoureux lui fait du bien.

### *Clément Pujol*

Clément relit sa lettre et il la trouve bien rédigée, Raphaël a simplement corrigé les fautes d'orthographe.

> *Monsieur le président,*
> *Je vous fais une lettre*
> *Que vous lirez peut-être*
> *Si vous avez le temps*
> *Ceci n'est pas un message anonyme. Je vous demande du haut de mes dix ans de nous aider à sauver celui qui nous protège depuis tant d'années. Il nous donne de l'ombre quand le soleil tape trop fort et il éblouit notre place de toutes ses couleurs. Si vous ne le graciez pas,*

## 7 MARS

*l'arbre va mourir le 21 mars. Dans quatorze jours. Vous êtes le seul qui peut arrêter cette injustice. J'ai pris l'argent de ma tirelire pour le timbre et l'enveloppe, j'espère que vous me répondrez sinon le platane tombera par terre. D'avance, merci pour lui et pour nous.*
*Clément Pujol*
*P.-S. : Mes parents ignorent que je vous écris. Vous pouvez adresser votre réponse aux bons soins de Suzanne Fabre, bar PMU...*
*P.-S. 2 : Il n'y a pas beaucoup de signatures sur ma pétition, mais plein d'autres gens sont d'accord avec moi.*
*P.-S. 3 : J'ai mis un badge dans l'enveloppe, vous faites officiellement partie du comité.*

Il recopie sa lettre et la colle sur le platane à la vue de tous, puis se dirige joyeusement vers la poste.

*Fanny Vidal*

— Si c'est à elle que sont confiées les décisions importantes du village, nous ne sommes pas au bout de nos surprises.

Fanny rentre de la mairie avec Suzanne. Elle n'en revient pas : après dix minutes d'attente, l'employée municipale est arrivée avec un air agacé, un café fumant à la main et dans l'autre, une soucoupe avec des biscuits. Comme elles insistaient pour obtenir des explications plus claires, elle a consulté des documents dans un dossier et lu à voix haute : le platane présente des signes de faiblesse structurelle. Elle n'avait aucune information supplémentaire à leur donner, et surtout son café refroidissait.

Malgré les rayons du soleil qui dorent les crépis roses, orange, sable et ocre des façades, offrant aux ruelles du village une ambiance de carte postale, Suzanne marche vite et d'un pas nerveux. Les autres vont bientôt arriver pour leur petite réunion.

— C'est insensé ! Pourquoi l'abattre ? En plus, le jour du printemps, s'exclame Suzanne en s'asseyant sur une chaise de la terrasse du bar. On ne signe pas un divorce le jour d'un anniversaire de mariage !

Voilà, Fanny tient son idée pour son projet en cours, elle déposera un arbre au sommet du gâteau nuptial. Depuis deux semaines, elle réfléchit à quelque chose d'original, encore faudra-t-il décider s'il sera en massepain ou en sucre rose.

## 7 MARS

Essoufflé, les larmes au bord des yeux, Clément les rejoint.

— La dame de la poste affirme que l'arbre est en sursis. Ça veut dire quoi exactement ?

— Bonjour, Clément ! Être en sursis, c'est avoir encore un peu de temps avant la fin. Dans une histoire d'amour, par exemple, lui répond Suzanne.

On voit que Suzanne a passé sa vie avec des enfants, elle sait leur parler. Les pensées de Fanny reviennent sans cesse vers Aurélien. Être en sursis, c'est précisément ce qui lui arrive à elle, Fanny.

En baskets rouge et blanc, jean et tee-shirt, un homme s'approche d'eux. Intriguée par ce type qui ressemble à un prof de sport décontracté, Fanny perçoit son parfum, ou plutôt une légère odeur de sueur mêlée à un déodorant citronné.

— Je vous présente Raphaël, dit Clément. Raphaël, voici Fanny, et Suzanne, la patronne du bar.

Un malaise plane, ils ne savent pas s'ils doivent se serrer la main ou se faire la bise. Suzanne leur vient en aide.

— Vous vous intéressez au sort du platane ?

— Oui, je me sens concerné et l'enthousiasme de Clément m'a touché.

## UN ARBRE, UN JOUR...

— Nous sommes tous émus par cette affaire.
— Lequel de vous trois peut vraiment m'expliquer ce que signifie « en sursis » ? insiste Clément.
— Ça veut dire qu'il est condamné, mais qu'il reste la possibilité de lui dire adieu comme il le mérite, répond Raphaël à Clément, qui semble satisfait de cette définition.

Des mains soignées, les ongles propres, presque manucurés, observe Fanny. Pas le genre à retourner la terre. Pas le genre à être marié non plus, d'ailleurs il ne porte pas d'alliance. Plutôt kiné ou coach dans une salle de gym.

— Que va-t-il devenir après ? bredouille Clément.

Suzanne ne peut s'empêcher d'être cynique.

— Peut-être de jolies chaises pour remplacer celles de la terrasse.

Clément regarde Suzanne, effaré.

— Quelle horreur ! On ne va pas quand même pas s'asseoir dessus !

Fanny ne côtoie pas d'enfants, pourtant s'il y a bien un truc qu'elle déteste, c'est qu'on leur enrobe la vérité dans du miel.

— Tu racontes n'importe quoi, Suzanne ! Ils le recycleront en cure-dents. Pourquoi tu lui mens ?

# 7 MARS

— Tu la connais, toi, la vérité ? réplique Suzanne.

Elle se tourne vers Clément et Raphaël.

— À la mairie, on nous a répondu que le platane serait abattu parce qu'il présente une faiblesse structurelle. Je n'y crois pas. Quand on veut tuer son chien, on dit qu'il a la rage.

— Je suis dentiste, si une dent pousse de travers, je ne l'arrache pas, je l'observe, je l'analyse, je la redresse. Si cet arbre est malade, il faut le soigner.

— Alors, on la commence, cette réunion ? trépigne Clément.

Le vent souffle, presque tiède. Suzanne propose de leur ouvrir le bar et elle enlève l'écriteau « Nous allons sauver l'arbre, je reviens dans une heure ». Le silence règne dans le café vide, imprégné de l'odeur de la soupe aux brocolis servie à midi. Elle rassemble deux petites tables près de la fenêtre et les invite à s'installer là pour profiter des derniers instants de lumière. Fanny sort un livre de son sac.

— J'ai envie de débuter par une lecture. Vous savez que des réseaux souterrains relient les arbres entre eux via leurs racines ? Le *Wood Wide Web* ! Ils échangent des informations, des alertes, s'entraident...

## UN ARBRE, UN JOUR...

Elle relève la tête et s'exclame :

— Aussi fascinant que le système solaire et la Voie lactée, non ?

— On ne va pas se laisser faire ! On va le défendre, cet arbre. Et d'une belle manière, décrète Suzanne.

— Les trucs ésotériques, ce n'est pas mon domaine, je suis pragmatique, je ne crois pas que les arbres parlent, je n'habite pas le village, mais vous pouvez compter sur moi, ajoute Raphaël.

— À quatre, on n'y arrivera jamais. Qui pourrait se joindre à nous ? lance Clément.

# 8 mars

*Manu*

Où est-elle passée ? Manu est persuadé qu'il a laissé sa camionnette dans une rue derrière la place pour décharger ses artichauts. Les caisses, puis les tréteaux, il a tout groupé, il tenait ses clés en main. Plusieurs allers-retours avant de la garer. Mais où ? Le jeudi et le samedi, il se gare rue Basse ou rue Dupuis, jamais ailleurs. Aujourd'hui, il ne sait plus, ses idées ne sont pas claires, il ferait bien de diminuer la fumette. Ou alors l'ouvrier municipal l'a fait enlever pour l'emmerder parce que l'odeur de haschich l'indispose. Elle dort à la fourrière ou on la lui a piquée. Quelle absurdité ! Cabossée, taguée, aucun intérêt pour un voleur, mais pour lui, sa maison, sa douche, son garde-manger. Aux aurores, il a replié son matelas et roulé son sac de couchage, il a beau vivre dans une boîte de conserve, il aime que ce soit net.

Il la retrouvera plus tard. L'urgence, c'est de disposer sa marchandise sur l'étal et d'en vendre un max pour reprendre la route au plus vite. Manu retourne près du platane et découvre seulement à cet instant un avis municipal placardé sur l'arbre.

— C'est quoi cette connerie ?

Il aurait préféré trouver un avis indiquant où se cache sa bagnole ou même une demande de rançon : *Échange camionnette contre cagette d'artichauts*. On va abattre un arbre, rien à cirer.

Le frémissement dans l'air s'amplifie, l'inquiétude plane. Pourquoi tous ces regards posés sur moi ? Même ceux qui auparavant traversaient la place sans jamais m'accorder la moindre attention semblent intrigués. C'est comme si tout à coup mes racines m'envoyaient des signaux dont je ne perçois pas la signification.

# 8 MARS

*Suzanne Fabre*

Depuis l'accident de Joe, elle se dédie au rangement des caves. Dans la deuxième, elle tombe sur le tourniquet métallique à roulettes, encore rempli de cartes postales cornées et gondolées par l'humidité, représentant des paysages, des villages et bizarrement, une tour Eiffel. Suzanne souffle sur la poussière qui les recouvre et les souvenirs affleurent à sa mémoire. Chaque été, elle passait une partie de ses vacances chez sa tante dans le bar du village. Elle jouait avec ce tourniquet et distribuait des cartes aux clients en leur faisant croire qu'ils avaient reçu du courrier. Il trônait au milieu du bar et c'est là qu'elle veut le réhabiliter. Elle posera une goutte d'huile d'olive pour qu'il cesse de grincer et tourne comme avant.

Suzanne a l'impression que sa vie ne tourne pas très rond non plus. La rééducation de Joe est lente et douloureuse. Dès qu'il se lève, il a mal aux talons, même avec ses béquilles. Elle souffre à la fois de le voir souffrir et de lui en vouloir. Parfois le destin réserve des soubresauts inattendus. Va-t-il remarquer ? Dans la cave, soudain elle craque, elle s'assied sur une caisse en bois et elle pleure. Il aurait pu mourir dans ce stupide accident. Elle regarde autour d'elle, les bouteilles vides, le baril de vin fendu, les noix rancies, la tapette pour les souris et le vieux landau. Ils ont choisi de ne pas devenir parents, de rester à deux. Son instinct maternel, elle le prodiguait à ses élèves. Joe était en paix avec leur décision ; selon lui, ils n'avaient rien à envier à leurs amis. « Libres de partir quand on le souhaite, notre amour au centre de notre histoire », ajoutait-il. Elle avait parié sur leur couple, mais s'il était mort, elle aurait vieilli seule. Sans enfants, sans petits-enfants. À trop miser sur l'autre, on finit par tourbillonner dans le vide.

Même inutile et désuet, elle offrira une deuxième vie au tourniquet rouillé. Elle hésite à le poser à la gauche du portemanteau. Finalement, elle le place à côté du juke-box et recule de quelques pas.

Dans une jolie robe turquoise, la première de la saison, Fanny entre prendre un café comme tous les matins. Elle a sans doute trié ses vêtements hiver-été. Suzanne a abandonné les jupes depuis des années, pas pratiques pour accompagner Joe dans une virée en moto.

## 8 MARS

— Tu portes une robe pour célébrer la journée de la femme ? Tu es resplendissante.

— Ça devrait être tous les jours de l'année, la journée de la femme. J'adore ce que tu as déniché là.

— À l'époque de Judith, on vendait une carte de temps en temps. Plus personne n'envoie de cartes aujourd'hui, mais ce tourniquet apparaît dans beaucoup de souvenirs de mon enfance.

— C'est vintage ! Et si tu ajoutais des photos et des infos pour les touristes ?

— Je n'y avais pas pensé. Je t'offre un café ?

— Merci, tu es gentille. Et Joe, sa rééducation, ça progresse ?

Que répondre ? Que tout va mal, qu'elle ne sait toujours pas quand il rentrera à la maison. Tandis que lui garde le moral, le sien plonge, il voudrait que Suzanne lui rende plus souvent visite et elle n'y arrive pas, il fait rire les infirmières et elles lui apportent tous les desserts abandonnés par les autres malades sur leurs plateaux, il a pris cinq kilos, c'est la troisième fois qu'il arrache son cathéter, il s'est mis à lire alors qu'elle n'a plus le temps d'ouvrir un magazine, elle redoute tout autant son retour et le prolongement de son absence.

— Ça progresse doucement. À propos, je me disais en fouillant ma cave que je changerais bien la déco. Tu m'aiderais ? J'adore les photos que j'aperçois sur tes murs quand tes fenêtres sont éclairées.

Fanny sourit en griffonnant des fleurs sur un coin de table.

— Tu souris, à quoi penses-tu ?

— Je ne savais pas qu'on pouvait me voir. Et si on recouvrait les murs d'agrandissements des cartes postales ?

— Ça coûterait cher ?

— On peut faire du troc si tu veux.

Elles terminent leur café en silence et Fanny savoure ce moment. Son train partira dans vingt-deux minutes et Suzanne poursuivra ses rangements. Une douce parenthèse avant l'agitation qui les attend.

Une journée de la femme, quelle drôle d'idée ! À quand la journée du platane ?

# 8 MARS

*Raphaël Costes*

Assis dans le fauteuil, selon son habitude, Raphaël observe la monture violette des lunettes du psychologue et attend qu'il brise le silence.

— Vous n'êtes pas venu à votre dernière séance et vous ne m'avez pas averti.

Il sait que ça va lui coûter soixante euros parce qu'il a décidé d'aider Clément et qu'il n'a pas pris la peine de téléphoner. Chaque fois qu'il le voit, seul, avec sa clé autour du cou, ça le ramène à la sensation de solitude qu'il éprouvait gamin. Il devait avoir son âge quand il a été confronté à son premier dilemme : dans l'urgence, choisir entre son père et sa mère.

— Ce matin, je me suis réveillé complètement bouleversé par un rêve, je ne m'en souviens pas, la seule image qui me reste, c'est la laisse rouge de Blondie. À huit ans, pour m'amadouer, mon père m'a dit qu'il m'offrirait un chien si je venais vivre chez lui. Ma mère n'a pas surenchéri. J'avais deux jours pour me décider. Vous vous rendez compte ? Un chien ! Il s'appelait Blondie. Un cocker couleur miel avec de grandes oreilles très douces et des yeux pleins de larmes, comme s'il me comprenait. Je le serrais trop fort parfois, comme un frère qui m'aurait manqué. Nous étions inséparables, il m'attendait devant l'école, tous mes copains m'enviaient. J'ai choisi mon père. Ou le chien. Je ne sais pas.

À Noël, Raphaël avait compris qu'il devrait toujours choisir. Papa ou maman ? Maman ou papa ? Noël, puis Pâques puis les vacances d'été.

— Monsieur Costes, vous êtes avec moi ?

— Enfant, j'avais trop d'idées sur ce que je voulais faire plus tard. Adolescent, plusieurs métiers m'ont attiré. Sous prétexte qu'on pense moins quand on a les mains occupées, ma mère m'a conseillé de devenir orthodontiste, mais j'ai hésité avec vétérinaire jusqu'à la mort de mon chien quand j'étais en terminale. C'est ce qui m'a décidé, j'ai commencé dentaire. Je ne sais toujours pas si c'est à cause de la mort de Blondie ou si je voulais faire plaisir à ma mère, lui montrer que je l'aimais, même si je n'avais pas choisi de vivre avec elle dix ans plus tôt. Quelle que soit la raison de mon choix, au bout du compte c'était le bon, j'adore mon métier. Dans mon boulot, tout est clair, net, simple, alors que dans ma vie personnelle je balance tout le temps.

# 8 MARS

— Que risquez-vous de perdre quand vous choisissez ?
— Je ne sais pas.
— Vous mettez ce système en place pour boucher le trou, me semble-t-il.
— Quel système ? Quel trou ?
— Le système, c'est l'hésitation. Le trou, c'est le vide. L'indécision procure un bénéfice secondaire.
— Un bénéfice ! Mais quel bénéfice ?
— Ça calme vos angoisses. Pour éviter d'être envahi par une angoisse majeure, vous vous focalisez sur des tracas insignifiants.
— Je suis indécis parce que je suis angoissé. Ce n'est pas un peu tiré par les cheveux ? Je ne vois pas ce qu'est la grande angoisse dont vous me parlez.

*Clément Pujol*

Caché derrière le platane, Clément surveille sa boîte à lire. Ces derniers temps, bizarrement, ce sont toujours des livres qu'il adore qui sont déposés à l'intérieur. M. Artichaut s'agite.

UN ARBRE, UN JOUR...

— Hé, gamin ! Tu n'as pas vu ma camionnette ?
Clément la connaît, sa camionnette, pareille à celle du marchand de glaces avec les vitres qui s'ouvrent sur les côtés. Il ne manque que le panneau avec les douze parfums. Sauf que celle-là est unique avec son énorme arc-en-ciel peint sur les portes arrière. L'autre jour, Clément en a dessiné un au cours de M. Barthélemy qui lui a dit que, de près ou de loin, son dessin ne ressemblerait jamais à un Van Gogh. Un mardi, le professeur leur a montré des reproductions du maître, comme il l'appelle. L'une d'elles représentait de grands platanes. Presque aussi beaux que celui de la place.

— Si, moi, je sais où il est, votre arc-en-ciel ! Il est garé derrière la rue du Colombier.

— Génial ! J'y vais.

Clément le retient par la manche.

— Attendez, moi aussi j'ai un service à vous demander. Suzanne a organisé un comité pour sauver l'arbre, la prochaine réunion a lieu demain au PMU. Venez, on a besoin de monde.

— Je ne suis pas du village, ça ne me concerne pas.

## 8 MARS

— J'ai quand même retrouvé votre camionnette. Un donné pour un rendu, dit ma grand-mère.

*François Lebrun*

Son papillon des îles le réveille à trois heures du matin et baragouine un mélange incompréhensible de français et de créole. Tout le haut du dos de François se crispe. Ça y est ! C'est maintenant ! La valise ! La voiture ! Sa belle-mère s'est absentée quarante-huit heures pour rendre visite à une cousine, il est seul, il va devoir gérer l'imprévu et l'imprévu, il n'aime pas ça.

La naissance est censée avoir lieu dans douze jours, mais Rosalia lui demande de chronométrer sur sa montre les minutes entre les contractions. François insiste pour partir à l'hôpital, distant de trente kilomètres. Clouer des avis, changer un robinet ou réparer une barrière, il maîtrise, mais personne ne lui a expliqué les gestes à faire en cas d'accouchement. Assis en caleçon au bord du lit, il ne sait pas s'il doit s'habiller ou attendre. Rosalia pousse un cri, les contractions se rapprochent. Et s'il y avait un problème et qu'il fallait choisir entre la mère et l'enfant ? Et s'il la perd et qu'il se retrouve veuf et père en même temps ? François balance la montre, bondit du lit, saute dans un pantalon, enfile un pull à l'envers, oublie son blouson et jette le sac dans le coffre. Le souffle court, Rosalia se dirige vers la voiture avec son corps de coléoptère qui a avalé un hippopotame. Un seul enfant dans ce ventre énorme, est-ce possible ? François démarre en seconde sans prendre la peine d'attacher sa ceinture de sécurité. Les contractions se sont encore rapprochées, Rosalia se met à quatre pattes sur la banquette arrière, elle respire fort, de plus en plus fort.

Les portes battantes des longs couloirs se referment, une à une, après leur passage. Au moment d'entrer dans la salle de travail, François hésite. La sage-femme le regarde, intriguée.

— Vous venez, monsieur ?

Elle ausculte Rosalia et d'un air totalement détendu, elle annonce :

— Il n'y a pas vraiment d'ouverture, le col n'est même pas effacé.

Tant mieux. C'est beaucoup trop tôt, il vient juste de découvrir le mariage. Un bébé à son âge !

## 8 MARS

L'accouchement, l'allaitement, les couches, le grand chambardement, les nuits sans dormir, il n'est pas prêt. Ses jambes en coton ne le portent plus.

— Ça va monsieur ? Vous êtes tout pâle.
— Je m'allongerais bien un peu.
— Asseyez-vous quelques minutes dans le fauteuil roulant, histoire de reprendre vos esprits.

Les contractions se sont espacées. Fausse alerte. On les renvoie à la maison, avec le compte à rebours qui a commencé dans sa tête et qui ne cessera que quand il sera papa.

— Ni moi ni mes frères et sœurs ne sommes nés à l'hôpital, tu ne dois pas t'inquiéter, une naissance, c'est naturel, dit Rosalia.

Après toutes ces émotions, la future mère somnole à côté de lui. Elle émerge cinq kilomètres plus loin et ils se tiennent la main en silence. François arrête la voiture au bord d'un chemin pour admirer le lever du soleil. Ici, pas un arbre à l'horizon, la campagne s'étire à l'infini, encore verte pour quelques semaines avant les brûlures de l'été. Le quadrillage des vignobles alignés dessine un échiquier géant. Au loin, un gros tracteur orange se détache sur le champ labouré.

— J'aime cette étendue à perte de vue, murmure Rosalia.

— Sans arbre c'est joli, aussi.

— Cela me fait penser aux grandes plaines de manioc chez nous.

— Ça te manque ?

— Si j'étais à La Réunion, c'est toi qui me manquerais.

François se gare devant chez eux et l'embrasse longtemps avant de monter se doucher et de partir balayer la cour de l'école, épuisé.

## 9 mars

*Adeline Bonnafay*

Elle aime siroter un petit verre de rosé au PMU, son refuge quand Violette l'agace trop. Aujourd'hui, justement, sa sœur a acheté trois kilos de haricots alors qu'elle sait qu'Adeline déteste ça.

Ce matin, il y a du changement dans le bar. Au mur, les aquarelles du village ont été remplacées par une grande photo en noir et blanc du platane qui contraste joliment avec les banquettes en skaï rouge, et le tourniquet à cartes postales est sorti de l'oubli.

Suzanne dispose des œufs durs sur l'arceau métallique, sélectionne une chanson dans le vieux juke-box et fredonne *Chez Laurette, c'était chouette*. Elle ressemble à Judith : les mêmes larges mains, la même assurance, la même jovialité malgré ses

## UN ARBRE, UN JOUR...

traits anguleux, et ces similitudes irritent Adeline. C'est plus fort qu'elle, elle en veut toujours à Judith et donc à Suzanne.

Elle se souvient de la photo prise par son père. En aube blanche le matin de leur communion, sous l'arbre : Judith, Adeline, Violette. L'inséparable trio. Judith avait reçu une fiente de pigeon sur la tête. Et si c'était ce qui lui a porté chance des années après ? En classe, Adeline adorait la philosophie. Elle s'est toujours posé des questions sur le sens de l'existence, quelquefois elle a trouvé une réponse.

Des enfants jouent sur la place, ils ne l'attendrissent pas, elle n'a jamais supporté leur exubérance. Ni mère ni épouse, elle va mourir vierge pour avoir choisi d'entrer dans les ordres à sa façon. Elle aura consacré sa vie au souvenir d'un homme avec qui elle s'est fiancée il y a plus de soixante-dix ans, et qui est mort à deux pas de son frère sous les débris du pont qu'ils venaient de faire sauter.

Elle aurait dû quitter le village, changer d'air, mais une femme seule qui part à l'aventure, ce

## 9 MARS

n'était pas à la mode en 1950. Et puis, il y avait Violette. Jacques Brel, un autre philosophe à sa manière, disait : « Le monde sommeille par manque d'imprudence. » Les années avaient filé et un jour, il était trop tard. Après quatre-vingts ans, l'âge et son cortège d'ennuis prennent le pouvoir. Son fragile équilibre est maintenant chamboulé par cette histoire de platane et ce remue-ménage autour de lui. Elle voudrait que les choses soient immuables. Adeline pensait que l'arbre lui survivrait, comme un ami dont la présence semble tellement évidente qu'on n'imagine pas qu'il pourrait disparaître le premier. Ça l'aidait à accepter la perspective de pousser un jour son ultime soupir. Assez gambergé, elle achète deux œufs durs pour oublier le goût des haricots.

*Fanny Vidal*

Allongée dans son canapé, elle se passe en boucle les derniers épisodes de sa vie amoureuse, sa série à elle de plans catastrophiques. D'autres filles craquent pour une voix, un physique ou la douceur d'une peau. Fanny, elle s'abandonne à un parfum. Les hommes la mènent par le bout de son nez.

Celui qui fleurait bon la vanille l'embrassait les jours impairs.

Celui qui embaumait le poivre et la cannelle envoyait valser leur couple tous les trois mois. Puis ça repartait de plus belle. Douze semaines après, rebelote, il cassait à nouveau son jouet, comme pour se protéger. Attention, le bonheur c'est dangereux !

Aurélien, lui, sent les agrumes et son ultimatum tourne dans la tête de Fanny : « Je te mets au défi, si le platane est abattu je te quitte, s'il est sauvé je t'épouse. »

Est-ce possible de se faire désensibiliser le sens olfactif ?

C'est toujours la même histoire. Les personnages : séduisants, intelligents, jeunes divorcés pas traumatisés. Une aubaine, une chance, le gros lot. Très fusionnels, ils font la roue mieux qu'un paon, offrent des bouquets plus larges que les embrasures de portes, téléphonent à toute heure. Puis, sans crier gare, ils sortent le calicot « défense d'encombrer » et, vulnérable, Fanny devient prête à tout pour les dernières miettes. Une insupportable dépendance. Elle espère la visite d'Aurélien du

## 9 MARS

lundi au dimanche, en ne sachant jamais quand il choisira de venir. Sa première demande en mariage, en est-elle vraiment une ?

Les arbres, eux, ne sont pas manipulateurs. Si elle était un arbre, tout serait plus simple. Quoique ! Elle a lu que leur sexualité est beaucoup moins conventionnelle que celle du monde animal. Enracinés, ils pratiquent des câlins à distance. Certains, comme le platane, confient leur semence au vent. D'autres font l'amour à plusieurs, offrant leur pollen à un troisième partenaire, abeille ou papillon, chargé de le disséminer. Pour l'attirer, certaines fleurs émettent un parfum aphrodisiaque et prennent l'apparence d'un insecte femelle. Dupé, le mâle repart avec du pollen collé à son torse velu ou ses ailes et le dépose sur une autre fleur encore. Dans le cas de Fanny, les hommes se déguisent en princes trop charmants pour être vrais et révèlent ensuite leur véritable visage. Sa résolution du mois de mars : plus jamais un fêlé.

Est-ce pour sauver l'arbre ou pour garder Aurélien que Fanny se mobilise ? Depuis une semaine, elle prend chaque matin avec son vieux Polaroid un instantané du platane au lever du soleil. Elle les punaise sur un panneau et tente de capter les infimes changements d'un jour à l'autre. Et depuis mardi, la caméra posée sur un pied, elle le filme en continu. C'est absurde, elle n'en fera jamais rien, ou alors une « installation », un événement complètement abstrait : le cinéma qui symbolise le mouvement et l'arbre, immobile par excellence.

Ces milliers d'images intriguent Fanny, elle coupe l'enregistrement et visionne celles de la veille en accéléré. Une ombre vient de passer sur l'écran, elle revient en arrière, une silhouette se faufile dans la nuit. Floue. Peut-être est-ce l'intrus qui oublie de signer les messages anonymes ? Elle regarde attentivement l'inconnu ou l'inconnue ralentir un court instant puis s'éloigner d'une démarche lente. Elle ne distingue que des vêtements sombres. Elle frissonne. Et si c'était Aurélien ?

*François Lebrun*

Son papillon des îles manifeste depuis hier une envie folle d'artichauts. Ça tombe bien, le gars à la camionnette bariolée somnole derrière son étal.
— Combien je vous en mets ?

# 9 MARS

— Deux cagettes. Drôle d'odeur ici. Tu fumes quoi ?
— De temps en temps un petit joint. Vous en voulez un ?

François effleure le paquet de Gauloises dans sa poche, hésite un instant.

— Non merci.
— Vous n'êtes pas tenté de vivre une nouvelle expérience, de changer de trottoir, de décoller vers ailleurs ?
— Je ne comprends déjà plus la langue qu'on parle chez moi. Ma belle-mère réinvente le français à chaque phrase. Pour elle, les suppositoires s'appellent des *bonbons la fesse*, les tongs, des *savates le doigt*, une personne riche un *gros zozo*. Et moi, un *zoreil zézère*.
— *Zoreil zézère ?*
— Le métropolitain amoureux. Ma femme accouchera dans quelques jours. Le voilà, le grand saut dans l'inconnu. Je suis secoué toute la journée dans les montagnes russes, pas besoin d'aller voir dans les étages supérieurs.

UN ARBRE, UN JOUR...

*Raphaël Costes*

F2 ? F3 ? Raphaël pousse sur le F2 du juke-box et Souchon se met à chanter *Ils ont tourné ça dans tous les sens pour savoir si ça avait un sens l'existence.* Eux aussi, ils ont tourné ça dans leurs têtes pour savoir si la mort d'un arbre avait du sens.

Les participants arrivent sur le coup de dix-sept heures, Clément le premier, un petit cahier sous le bras, Fanny le suit de près. Comme le reste des habitants acceptent la situation sans broncher, ils ont créé un comité officiel. Cinq, ce n'est pas encore une armée, mais tout de même une recrue supplémentaire : le marchand d'artichauts qui vit dans sa camionnette. À se demander en quoi il est concerné par ce platane. Suzanne les rassemble autour d'une table et elle mène l'offensive.

— Ma tante Judith m'a souvent répété que rêver une autre réalité était préférable à la soumission. Elle m'a donné l'exemple. Il y a une vingtaine d'années, quelqu'un lui a suggéré de fermer boutique avant que le bar périclite. Ni une ni deux, elle a créé un PMU et les affaires ont repris. J'ai de qui tenir.

## 9 MARS

Raphaël, plus rationnel, tente d'analyser le peu d'éléments dont il dispose.
— Ne devrait-on pas saisir le problème à la racine et d'abord comprendre pourquoi on veut l'abattre ?

Les suppositions fusent. Ils imaginent le pire, et pour détendre l'atmosphère, ils rigolent jusqu'à lancer une énormité : « Les hirondelles prennent trop de pouvoir dans l'arbre et le meilleur moyen de les dénicher, c'est de démolir leur refuge favori. »

— Soyons sérieux cinq minutes, dit Fanny. À mon avis, la mairie refuse de divulguer la raison réelle de l'abattage. Ils ne nous racontent pas tout, je suis certaine qu'on se fait berner.

Raphaël est touché par ce comité hétéroclite, jamais il n'a assisté à une réunion rassemblant des participants aussi improbables. Une ex-instit reconvertie en tenancière de PMU, un gamin de dix ans hyperactif, un vendeur d'artichauts psychédélique, une styliste culinaire. Et lui, l'indécis chronique. Il se sent à sa place parmi eux, sans pouvoir vraiment expliquer pourquoi, il n'était même jamais rentré dans le bar avant la première réunion de mardi dernier. Les séances chez le psy lui auront au moins permis de les rencontrer. Il aime appartenir à un groupe, s'il joue au basket, c'est pour le plaisir de faire partie d'une équipe.

Clément est étonnamment silencieux aujourd'hui. Dans un tee-shirt Batman démesuré pour lui, il triture sa paille, rougit, retourne ses poches, fouille son sac à dos, en sort un papier.

— Il y a quelque chose que je ne vous ai pas dit.

Tous le regardent.

— Ce matin avant l'école, j'ai trouvé ceci sur l'arbre.

À son âge, Raphaël n'aurait jamais été à l'aise pour prendre la parole devant des adultes. Il y a vingt ans on n'éduquait pas les enfants pour qu'ils s'expriment librement. Clément déplie un papier et lit les mots, très lentement, comme s'il tentait de déchiffrer un texte codé.

— Tout homme qui tue sera condamné à dire la vérité.

Silence général, il fait lourd, le ventilateur tourne au plafond, Souchon a cessé de chanter depuis longtemps. Le message est anonyme. Quelqu'un du village est de leur côté et a décidé de mener la

## 9 MARS

bataille autrement. Finalement, Raphaël connaît à peine ces gens. En face de lui, Fanny relève ses cheveux pour les nouer en chignon, ça lui va bien quand une mèche s'échappe. Pourquoi s'obstine-t-elle à les attacher ? Ce n'est pas le genre de fille qui doit être seule, pas le genre de fille qu'on emmène en randonnée, elle n'a sûrement pas de chaussures de marche dans son dressing. La vraie question pour lui n'est pas quel type de femme lui conviendrait, mais pourquoi depuis dix ans il ne tombe plus amoureux. Des histoires courtes, des histoires longues, mais plus jamais ce vertige. À la place du cœur qui palpite, un sentiment oppressant. L'émoi de l'instant parasité par la perspective d'un avenir partagé, alors que jeune, Raphaël s'embrasait pour un oui ou pour un non.

— Qui est derrière tout ça ? À qui profite le crime ? murmure Fanny.
— Et le maire, interrompt Manu, qu'est-ce qu'il dit de ce bordel ?
— Il est en vacances à Saint-Paul-de-Vence ! répond Fanny sur un ton ironique.

Clément jette sa paille sur la table.
— Pourquoi tout le monde s'en fiche ? Quatorze signatures sur ma pétition et encore, la boulangère

a signé pour son mari. On est quand même mille cent vingt-trois dans ce village.

— Clément, ce message anonyme signifie probablement qu'une personne souhaite nous aider sans être identifiée.

— Qu'est-ce qu'on pourrait faire de plus ? trépigne le môme, agacé parce que les choses n'avancent pas assez vite.

Debout dans l'entrebâillement de la porte, cigarette au bec, Manu grogne :

— Le bar c'est toujours un lieu stratégique dans un village. Si on plaçait un écriteau : « Le PMU restera fermé jusqu'à ce qu'on nous explique pourquoi le platane est condamné » ?

— Impossible de fermer ! s'exclame Suzanne. Qui payerait les factures à la fin du mois ?

Silence général, la lumière vacille, un éclair déchire les nuages. Manu se tourne vers eux.

— Un, deux, trois... neuf cents mètres.

— Qu'est-ce que tu comptes ? demande Clément.

— La distance à laquelle la foudre a frappé. Entre le moment où tu vois l'éclair et celui où tu entends le roulement du tonnerre, elle parcourt

## 9 MARS

trois cents mètres à la seconde. Si tu comptes un, deux, trois, elle est tombée à neuf cents mètres. Raphaël devance la question suivante.
— La foudre, c'est un court-circuit entre l'énergie positive du sol et l'énergie négative du ciel.
— Comme nous avec la mairie, acquiesce Clément. On n'arrive pas à communiquer. Nous, on veut le garder. Eux, ils veulent l'abattre.
— Si on jetait une bombe sur le bâtiment de la mairie, voilà la solution ? surenchérit Manu.
— Et taguer les maisons et aussi dépaver la place, lance Fanny en riant.
— Arrêtez de dire n'importe quoi, ce soir, je téléphone à ma cousine qui connaît quelqu'un qui connaît un spécialiste de l'environnement, ajoute Suzanne.
Un nouveau grondement résonne au-dessus des toits. L'orage éclate à ce moment-là, violent comme souvent au printemps. Derrière la vitre, les regards convergent vers la cime de l'arbre, solide dans la nuit noire. Tant de passion pour ce géant sans visage.

UN ARBRE, UN JOUR...

*Adeline Bonnafay*

— Que va devenir cet arbre ? demande Violette en emportant au salon le plateau avec les tisanes.
— Des bûches, un bâton de vieillesse ou une chaise percée.
— Tu es sinistre. Moi je verrais plutôt une perche pour un athlète aux Jeux olympiques, un tiroir secret ou un journal intime érotique. Il aura une belle reconversion, alors que moi je finirai bêtement entre quatre planches.
— Pas avant de me dévoiler le mystère de ton assurance vie, hors de question de le découvrir chez le notaire.

Quelle cachottière, cette Violette ! En réalité, Adeline s'en fiche de son assurance-vie, elles sont assez âgées pour ne pas se survivre longtemps, elle peut bien donner son argent à qui elle veut. Par contre, ce mystère ridicule titille sa curiosité. C'est presque un jeu, il revient sur la table un jour sur deux. Cachottière ou casse-pieds ? Et si Violette était à l'origine de toute cette agitation autour du platane ? Elle serait prête à tout pour colorer son existence, peut-être même à

## 9 MARS

comploter l'abattage d'un arbre. Mais elle n'a aucun allié à la mairie.

Adeline a observé le manège de ce comité, elle sait qu'ils se réunissent chez Suzanne. Quelle drôle de troupe ! Un marchand d'artichauts au pantalon troué et ce type qui vit dans un autre village. Jeunes et beaux ! Et aussi le gamin qui vend des badges puis Fanny, toujours avec ses robes et ses jolies rondeurs. Que fabriquent-ils dans le bar ? Et qu'en penserait Joe ? Quand le chat n'est pas là, les souris dansent. Suzanne s'occupe d'un arbre au lieu de s'occuper de son homme.

La prochaine fois, Adeline aimerait se joindre à eux, mais elle ne voudrait pas les déranger. Trop âgée ! Et elle ne veut pas laisser Violette toute seule. Malgré ses deux ans de moins, Adeline la couve comme une petite sœur. Enfant, Violette l'amusait ou la consolait et lui racontait des histoires pour lui faire oublier qu'elle avait peur du noir. Tout à coup, la nostalgie ennuie Adeline. Elle rêve d'être enfin libre et qu'il se passe quelque chose dans sa vie. Il lui reste si peu de temps. Quand elle était petite, la mort lui semblait une image floue et lointaine dans le brouillard. Maintenant, elle la suit comme une ombre.

UN ARBRE, UN JOUR...

La vieille dame attend que sa sœur soit endormie, enfile un manteau de laine, s'entoure la gorge d'une écharpe et saisit la lampe de poche qu'elle a cachée dans le tiroir du meuble à l'entrée. Adeline a toujours connu le platane. C'est comme si on voulait l'abattre, elle, avant la fin. Il faut le défendre. Sur le pas de la porte, elle prend son carnet, arrache une page et elle écrit : *Assassins !*

Mes racines se rétractent. Quelqu'un marche à pas feutrés dans la nuit, comme un voleur qui se faufile en zone interdite. Un craquement, des bruissements. Rien de vraiment alarmant, plutôt une sensation qui ressemble à de l'inquiétude.

## 10 mars

*Suzanne Fabre*

Suzanne apprécie le calme du milieu de la matinée, entre le coup de feu de l'ouverture et le déjeuner. Les sœurs Bonnafay, Violette en tête, choisissent ce moment pour débarquer.
— Bonjour Suzanne.
Pendant que les sœurs, fraîchement sorties de chez le coiffeur, s'installent, elle continue à astiquer la pompe à bière. Violette réclame la carte, comme elle la réclamait du temps où Judith officiait derrière le bar.
— Il y a longtemps que j'ai descendu les anciennes cartes à la cave, tout est maintenant inscrit sur le tableau noir, c'est plus clair.
— Pour toi peut-être, mais pas pour nous. Enfin, peu importe, on ne va pas chipoter, donne-nous deux citronnades.

Adeline farfouille dans son porte-monnaie.

— Si je n'ai pas remis les pieds ici depuis belle lurette, c'est pour une bonne raison, lance Violette.

Suzanne s'arrête de frotter. À quoi Violette peut-elle bien faire allusion ? Dans ce bar, Suzanne se régale de confidences à demi-mot, ces secrets de village sans intérêt pour le reste du monde et essentiels aux yeux de ceux qui les livrent.

— Judith et ton oncle formaient un couple merveilleux. C'était un plaisir de les regarder, n'est-ce pas, Violette ? enchaîne Adeline, la main crispée sur son sac.

— Tu dis n'importe quoi, si nous sommes venues, ce n'est pas pour tricher.

Intriguée, Suzanne s'assied à leur table ; la pompe à bière, ce sera pour plus tard.

— Tu sais, Suzanne, nous allons bientôt passer de l'autre côté du miroir. Alors, avec Adeline, nous mettons de l'ordre dans nos tiroirs et dans notre conscience.

— Il est temps de régler cette histoire qui date de la guerre de 40 et qui continue de nous encombrer l'esprit aujourd'hui.

## 10 MARS

— En vieillissant, tu ressembles de plus en plus à Judith, ajoute Adeline.
Adeline sirote lentement sa citronnade. Les yeux brillants, Violette murmure :
— Si nous avons parfois l'air revêches, c'est parce que nous avons reporté notre ressentiment sur toi, une sorte d'héritage inévitable, comme par ricochet.
— Judith, la chanceuse dont le fiancé est rentré de la guerre debout pour l'épouser en fanfare et lui faire quatre enfants ! Soixante-dix ans après leur rencontre, ils traversaient encore la place main dans la main, attentifs à chaque geste de l'autre. Tu comprends, c'était trop douloureux pour nous de les fréquenter. Nous n'avons jamais digéré cette injustice. Nos fiancés à nous, ils ne sont pas revenus.
En quoi Suzanne est-elle concernée ? Et pourquoi ont-elles attendu la mort de Judith pour vider leur sac ?
— Nous sommes restées amies, mais à tout instant une pointe de jalousie nous piquait le cœur. Certaines peines résistent au temps qui passe.
D'après sa tante, les sœurs étaient de plus en plus distantes. Elle veillait pourtant à les intégrer

aux fêtes de famille, mais Adeline et Violette refusaient l'invitation une fois sur deux.

— Vous lui avez expliqué ce qui griffait votre amitié ?

— À force de reporter, nous avons raté l'occasion.

— Et vous lui en avez voulu pendant toutes ces années parce qu'elle était heureuse ?

— Adeline vient parfois prendre un petit rosé en cachette. Pour moi, plus les années défilaient, plus c'était difficile et un matin en me réveillant, je me suis juré que je ne remettrais les pieds dans ce café que quand les poules auraient des dents.

Adeline renchérit d'une voix douce :

— Crois-tu que Judith l'avait remarqué ? Elle t'a dit des choses à notre sujet ?

— Elle vous aimait trop pour parler. Je suis heureuse que vous soyez revenues aujourd'hui, que vous n'ayez pas attendu que les poules aient des dents.

Violette sort une photo de son sac à main.

— Regarde, nous voilà avec Bernard et Antoine.

— Ils se ressemblent beaucoup. Et pourquoi on ne l'afficherait pas au mur du bar ? Vous seriez

## 10 mars

d'accord que je fasse agrandir la photo et que j'accroche un cadre à la mémoire de votre quatuor amoureux ?

— Quelle belle idée ! Ce serait merveilleux. Nous avons vraiment l'impression qu'à part un nom sur un monument, ils n'existent plus.

Sa rencontre avec Joe, ce n'était pas un coup de foudre, mais une magnifique complicité qui ne s'est jamais endormie. Suzanne contemple Adeline et Violette et elle a envie de les embrasser.

— Pour Judith ça ne devait pas être facile de vivre son amour à quelques mètres de vous et de votre chagrin.

— Je n'ai jamais pensé à ça, murmure Adeline.

Et les deux sœurs, pouvaient-elles vraiment côtoyer Judith, comme si de rien n'était ?

— Comme dit souvent Adeline, ce n'est pas de ta faute. Par contre les enfants de Judith, nous ne les avons jamais supportés, aucun d'eux n'a repris son bistrot alors que c'était son univers. Depuis que tu t'es installée ici, la place revit.

— Je vous offre un pastis maintenant que la guerre est finie ?

— C'est très gentil à toi.

— Notre petit canard peut bien attendre.

Suzanne va chercher trois verres. Elle proposerait bien du canard comme plat du jour après-demain. Dehors, le ciel découpe l'ombre des feuilles de platane sur les tables. Certaines confessions vous chavirent et c'est une bonne chose.

*Manu*

Manu a ramassé une sangle avec un solide mousqueton qui traînait par terre, ça servira toujours. Avec presque rien, il a construit en un après-midi une étagère pour sa camionnette, complètement aménagée avec des matériaux de récupération. Ceux qui l'ont visitée ont été bluffés par la précision de son travail.

Les études, la maison, la voiture, le couple, ce n'est pas la seule façon de vivre. Il est allergique aux formules toutes faites. Sa mère a beau être employée dans une banque et son père assureur, les parcours balisés ne l'inspirent pas. Ils n'ont qu'un mot à la bouche : sécurité. Les plans de carrière l'oppressent. Manu refuse les assurances-incendie, les plans épargne retraite, ignore les

# 10 MARS

dégâts locatifs et se fout bien des responsabilités civiles. Son kiff, c'est de ne pas savoir ce qui va se passer le lendemain. Pour faire plaisir à son paternel, à vingt-deux ans, il a suivi un stage dans sa compagnie. Il s'est emmerdé comme un rat mort. Le dernier jour, on lui a proposé un contrat à durée indéterminée, « une chance incroyable », s'est exclamé son père. Manu s'est senti condamné à la prison à perpétuité. Il respecte ses parents, mais il n'a aucune admiration pour eux. Leur vie médiocre, linéaire et sans éclat, lui ça le fait flipper.

Au lieu de se présenter à son poste le jour J, il s'est promené au hasard des rues et il est tombé sur une camionnette couverte de graffitis et de dessins psychédéliques aux couleurs vives, sur laquelle était collée une affiche « À vendre pour pas cher ». Manu la voulait tout de suite, cette liberté. L'après-midi même, la camionnette lui appartenait. Et si parfois les enfants réalisaient les rêves inconscients de leurs parents ?

UN ARBRE, UN JOUR...

*François Lebrun*

Le journal glissé sous le bras, il s'installe à une table au fond du bar et commande une bière. Comme à son habitude, il parcourt uniquement les résultats sportifs et la rubrique des faits divers. Il en profite pour écouter ce qui se passe dans le bistrot. Sa philosophie de vie est simple : les brèves de comptoir révèlent toutes les facettes de la société et les petites histoires de gens ordinaires lui suffisent à comprendre le monde. Une sensation étrange lui fait relever la tête. Perché sur un tabouret, le gosse qui l'a insulté l'autre jour le fixe. Qu'est-ce qu'il cherche encore ? Il ne ressemble pas aux enfants de son âge, toujours à traîner sans ses parents.

— Pourquoi tu me dévisages comme ça ?

Le gosse le regarde droit dans les yeux.

— Qui a ordonné d'abattre l'arbre ?

— Je ne sais pas. J'ai juste placardé l'avis, ce n'est pas moi qui décide.

Suzanne frotte le miroir avec un chiffon sorti de sa manche et observe la scène sans broncher.

— Vous êtes forcément au courant, insiste le petit garçon.

## 10 mars

— Eh bien non, mais crois ce qui t'arrange.
— Alors vous êtes complice.
François garde son calme, le gamin en rajoute une couche.
— C'est vous le responsable.
— Je suis ouvrier municipal, je n'ai rien à voir là-dedans.
Suzanne détourne les yeux, Félix intervient.
— Il fait son boulot, Clément.
— Il travaille à la commune ou dans un abattoir ?
Pour qui il se prend, ce schtroumpf ? François lui foutrait volontiers une raclée.
Clément sort un papier de sa poche et le pose à côté du verre de bière de François.
— J'ai trouvé un message anonyme sur l'arbre.
Le cinquième en dix jours. Ça commence à bien faire, il faudrait aller au commissariat. Avec un regard accusateur, Clément lit à voix haute en détachant chaque syllabe.
— Tout homme qui tue sera condamné à dire la vérité.
— C'est toi qui écris ces messages ?
— Sale bourreau !
— Tu vas te taire ! Tu sais ce que ça veut dire, bourreau ?

Clément ne répond pas.
— Tu es trop jeune pour comprendre.
Le gamin saute de son tabouret et lui donne un coup de pied dans le tibia. François voit rouge, se lève brusquement, renverse sa chaise et attrape Clément par le col de son tee-shirt en criant :
— Je ne suis pas responsable ! Tu m'entends ?
— Lâchez cet enfant ! s'interpose Suzanne. Si ça continue, j'appelle les flics, ce n'est pas parce que vous travaillez pour la mairie que vous pouvez tout vous permettre.
Le gosse file sans demander son reste et François se retourne vers Félix.
— Quand on a un supérieur, on obéit ! Vous feriez autrement, vous ?
Il jette son journal par terre, quitte le café en fulminant qu'il est innocent et marche vite vers chez lui. Qu'est-ce qui lui a pris de rudoyer un enfant ? Et Félix qui le regardait de travers. Dans sa poche droite, un briquet, dans l'autre, le paquet de Gauloises. En allumer une. Aspirer profondément. Bourreau ! Il s'est fait traiter de bourreau devant tout le monde. Il n'a jamais décapité personne. Un bourreau de travail, ça, oui. Hier, le vendeur d'artichauts lui a proposé un joint,

## 10 MARS

c'est maintenant que François en aurait besoin. Il aspire plus fort, laisse la fumée lui piquer la gorge, envahir ses poumons. Au loin, la sirène d'une ambulance. Et si elle emmenait sa femme ? Le bébé ! Il accélère, tourne le coin de la rue, se met à courir. La lumière bleue tournoie. Sur une civière, les cheveux grisonnants de la voisine du rez-de-chaussée dépassent d'une couverture métallisée, elle est tombée de l'échelle au milieu de son jardin. Il grimpe les escaliers quatre à quatre et serre son papillon des îles contre lui.
— Tu m'as manqué aujourd'hui.

Agité par une tempête intérieure, l'ouvrier municipal, avec les feuilles rousses sur la tête, se débat tant bien que mal pour tenir droit. On dirait que ses racines le torturent et le font vaciller.

## 11 mars

*Adeline Bonnafay*

Violette doit dormir à poings fermés et l'arbre la réquisitionne. Adeline a déjà enfilé son manteau et noué son écharpe, mais la lampe de poche qui se trouve habituellement dans le tiroir de la commode a disparu. En pleine nuit tout devient inquiétant, comme dans l'enfance. Elle décide de descendre quand même. Malgré l'appréhension, la fiancée du résistant lutte à sa façon contre l'injustice et l'absurdité. Elle regarde un long moment par la fenêtre. Tout semble calme. Non. Une silhouette longe la place. Elle attend que l'ombre s'éloigne, avance sur la pointe des pieds dans le vestibule, hésite un instant. Au moment où elle se décide enfin à sortir, la porte de l'appartement s'ouvre et

UN ARBRE, UN JOUR...

Violette apparaît en pantoufles et pyjama sous un châle en laine.
— D'où viens-tu ?
— Et toi, où vas-tu ?
— Devine !
Elles échangent un sourire complice.
— Fais ce que tu as à faire, je nous prépare un thé.
À son tour, deux volées d'escaliers, la place à traverser. Alors qu'elle imagine Violette l'observer de la fenêtre, elle découvre un papier qui danse à un clou. Elle s'approche et déchiffre à la lueur du briquet qu'elle a glissé dans sa poche avant de partir.

*Si l'arbre savait ce que lui réserve la hache,*
*il ne lui fournirait pas le manche.*

Sacrée Violette ! Elle ne fait pas dans la dentelle. Adeline accroche son papier à un autre clou.

*Mais quels que soient les souvenirs*
*Qui, dans son bois, persistent,*
*Dès que janvier vient de finir*
*Et que la sève, en son vieux tronc, s'épanche,*
*Avec tous ses bourgeons, avec toutes ses branches,*

## 11 MARS

> *– Lèvres folles et bras tordus –*
> *Il jette un cri immensément tendu*
> *Vers l'avenir*[1].
>
> Émile Verhaeren

Elle frissonne et s'assied, encore emmitouflée, devant la tasse fumante. Une agréable odeur de verveine citronnée, miel et thym embaume la cuisine. Violette demande d'un air amusé :
— Tu en as écrit combien ?
— Quelques-uns.
— Les miens sont certainement plus énigmatiques.
Pourquoi diable Violette a-t-elle toujours besoin de revendiquer son originalité ?
— C'est moi qui ai commencé.
L'horloge du salon égrène les minutes, il est déjà trois heures du matin. Elles se retrouvent pour la première fois attablées dans la cuisine avant le lever du jour. Violette jette un regard à la photo posée sur l'étagère, quatre jeunes gens pique-niquent au bord de la rivière. Deux militaires accompagnés de deux jeunes filles.

---

1. Émile Verhaeren, *L'Arbre*, extrait du recueil *La Multiple Splendeur*, Mercure de France, 1907.

— Bernard et Antoine trouveraient nos luttes bien légères. Eux voulaient sauver le pays, nous nous battons pour un platane.
— Peut-être qu'ils seraient fiers de nous ?
— Après leur mort, j'ai choisi de rester pour toi, pour que tu ne sois pas seule.
— Moi pareil.
— Je ne pouvais pas le perdre et te perdre aussi.

Adeline ajoute une cuillère de miel et tourne dans sa tasse d'une main tremblotante.

— Tu te rends compte que pendant toutes ces années nous ne nous sommes jamais endormies fâchées ? Nous n'allions tout de même pas mourir sans nous dire les choses.
— Pas garanti qu'ils nous rangent ensemble au paradis.
— Je pensais que tu n'y arriverais pas sans moi.
— Longtemps, j'ai eu la sensation de me sacrifier.

Violette sourit et les pattes-d'oie au coin de ses yeux se plissent comme deux éventails.

— M. et Mme Bonnafay.
— Nous nous débrouillons pas mal pour un vieux couple, non ?

## 11 MARS

— Et comme dans tous les vieux couples, ton assurance-vie, tu l'as mise sur ma tête ?
— Ça, tu le sauras plus tard, ma chérie.
— Quelle enquiquineuse !
— Et si le prochain message, nous l'écrivions à deux, maintenant ?
Elles rient. D'abord de petits gloussements, puis aux éclats et les larmes roulent sur leurs joues, elles ont quinze ans.

*François Lebrun*

Il est persuadé qu'il n'a pas rêvé, ce soir après avoir cloué l'énième avis, une branche du platane a effleuré son épaule. François s'endort avec ce souvenir troublant.

*Raphaël Costes*

À trois heures de l'après-midi, le cabinet du psy est plongé dans la pénombre et seule une lampe est allumée sur le bureau. Le store baissé dissimule l'arbre et Raphaël peine à trouver ses mots. C'est étonnant comme il s'est attaché au colosse de la place du village. Le regarder pendant la séance lui procure une forme d'apaisement, alors que l'homme assis devant lui, avec sa chemise grise, ses silences et ses doigts qui tapotent le coin de l'accoudoir, l'insupporte. Sans parler de ses regards sur l'horloge. Faut-il vraiment en passer par là pour progresser ?

— Les DJ qui font danser dix mille personnes ressemblent à des magiciens. En une seconde, ils choisissent parmi une multitude de vinyles, déposent l'aiguille sur le disque noir puis enchaînent avec un autre, puis un autre, jusqu'au bout de la nuit. Leurs gestes fluides et intuitifs me donnent le vertige.

Le psy hoche la tête.

— Vous cherchez encore à éviter le véritable sujet.

Raphaël reste silencieux.

— Et si vous m'en disiez plus sur cette culpabilité par rapport à votre mère, reprend le thérapeute.

— L'arbre, qui ne peut pas se défendre, me ramène à mon impuissance enfant, à ma solitude de fils unique. Quelle aurait été ma vie si j'avais eu des frères et sœurs ? Est-ce qu'ils nous auraient

## 11 MARS

laissés ensemble ou nous auraient-ils séparés ? J'ai toujours voulu plaire à mon père et à ma mère, correspondre à leurs projets, ne pas les décevoir, de peur qu'ils m'abandonnent davantage. Vous pouvez relever le store ? J'aimerais voir le platane.
— Le store baissé vous a pourtant aidé à parler d'autre chose. En vous réfugiant à chaque fois derrière l'arbre, vous esquivez la vraie difficulté.
— Il m'aide à réfléchir.
— Je ne crois pas que le platane soit votre problème majeur, monsieur Costes.
— Et quel est mon problème majeur ?
— Nous cherchons à le découvrir au fil des séances. Avez-vous envisagé qu'en vous demandant de choisir, aucun de vos parents ne vous avait choisi ?

Impossible de se remémorer le visage de sa mère quand elle lui a posé la question : « Tu viendrais chez moi un week-end sur deux ? »

Jacques Dumoulin regarde sa montre.
— On en reste là pour aujourd'hui.

Dehors le platane resplendit dans la lumière aveuglante. Raphaël se demande quelle direction va désormais prendre sa vie.

UN ARBRE, UN JOUR...

## *Manu*

Manu est sidéré, à quatre-vingt-treize et quatre-vingt-onze ans, Adeline et Violette Bonnafay jouent les révolutionnaires derrière les barricades. Le dernier message « *Vertes de rage !* » était signé *Les sœurs Platane*. Elles ont gagné leur place au comité.

Perché sur un tabouret, dans le bar bondé, Manu observe les participants. Fanny, Raphaël, Suzanne et Clément sont déjà installés. Les deux vieilles dames viennent d'arriver, on leur a gardé des chaises au premier rang parmi une poignée de nouveaux qui ont envahi le café. Pas le temps de se présenter, la réunion commence. Les uns et les autres se regardent du coin de l'œil en attendant que quelqu'un se décide à parler. Adeline lève la main et Suzanne lui donne la parole.

— Et si on convoquait la fanfare du village d'à côté et qu'on lui demandait de jouer vingt-quatre heures d'affilée, comme à la Libération.

— Et moi, je jouerais du tam-tam sur des casseroles, renchérit Violette.

Tout le monde se bidonne. Les pistes pour sauver l'arbre jaillissent, plus surréalistes les unes que les

## 11 MARS

autres. Le jeune remplaçant du facteur, athlétique comme un lanceur de javelot, s'est assis au bord du comptoir et suggère de capturer l'ouvrier municipal et de s'en servir comme monnaie d'échange.
— Et si on volait le matériel de l'élagueur ? propose un vieux monsieur, bien mis de sa personne.
— Un appel à manifestation par mégaphone ! s'exclame Clément.
— Bonne idée, hurle Louise, prête à déchirer quelques tympans.
Manu intervient :
— Greenpeace au pouvoir !
— Accrocher des pots de peinture sans couvercles dans les branches, dit Violette.
Suzanne dépose sur chaque table des morceaux de fougasse, une tapenade de la mort qui tue et une bouteille de blanc. Ça change Manu de ses soirées solitaires, camionnette-saucisson-ciel étoilé, même s'il n'y renoncerait pour rien au monde. Défendre l'enracinement, tel est décidément leur credo. Lui, du moment qu'il gagne de quoi se nourrir, acheter de l'herbe et remplir le réservoir d'essence pour vagabonder, tout va bien. Au fond, le platane, il s'en fout, un de ces quatre, il sera loin.

UN ARBRE, UN JOUR...

Ces derniers jours Suzanne affiche une mine en papier mâché. Depuis novembre, elle gère le bar toute seule et les factures accumulées l'empêchent de dormir. Manu lui a suggéré de prendre des vacances et elle lui a ri au nez. Vraiment pas la vie que lui aurait choisie, mais il admire sa force de caractère. Elle s'assied, une main sur le bras de Violette.

— Clément, tu n'es pas à l'école, pas nécessaire de lever le doigt pour demander la parole ici, dit Suzanne.

— Qu'est-ce qu'il a raconté, l'avocat qui connaissait quelqu'un qui connaissait ta cousine ?

Tout le monde se tait et se tourne vers elle.

— D'après lui, c'est trop tard pour intervenir, le délai pour un recours est dépassé, et s'il se réfère à l'arrêté préfectoral BZ3.234, le maire a tout pouvoir d'éliminer un arbre qu'il estime dangereux dans sa commune.

— Trop tard. Plus tard. Après. Quand tu seras grand. Dans quelques années. J'aimerais que quelqu'un dise : oui, tout de suite, murmure Clément.

— On pourrait tendre des ficelles depuis l'arbre vers chaque maison et former ainsi une toile

## 11 MARS

d'araignée, lance Violette. Il ne reste que cinq jours avant l'élagage, il est urgent d'occuper le terrain.

Plus moyen d'arrêter la sœur fringuée comme un mec. Consciente qu'elle amuse la galerie, elle continue de plus belle.

— Nous n'avons pas dit notre dernier mot. Que diriez-vous de nous coudre l'un à l'autre, tee-shirt à tee-shirt, autour du platane ? Les gendarmes devront nous déshabiller pour les enlever. Qu'est-ce que vous en pensez, Manu ?

Il lève son verre et il sourit en imaginant le tableau.

— J'en pense que vous êtes la championne de la révolution, Violette. Une véritable artiste. « Nuit debout » place de la République, c'est rien à côté des indignés du PMU !

Mais lui, qu'est-ce qu'il peut apporter à cette affaire ? S'il était un tant soit peu concerné, ça changerait quoi à la face du monde ? L'octogénaire qui avait envisagé de cambrioler l'entrepôt de l'élagueur parle de se retrouver dans deux jours pour faire le point. Manu bâille, il veut respirer l'odeur de la lavande dans le champ derrière l'église. Ils sont tous très sympas, mais ça ne mène à rien. Au moment où il récupère sa veste, une grosse voix résonne dans le fond du café. Un homme imposant qu'on n'a jamais vu aux assemblées se lève.

— J'étais absent du village depuis longtemps et j'ignorais que je serais à ce point touché de revoir le platane en sachant qu'il allait disparaître dans quelques jours.

— Qui est-ce ? demande Manu.

— Un revenant, chuchote Adeline. On l'appelle « le voyageur », il habite la maison grise juste avant les champs. Il paraît qu'il a traversé tous les déserts du monde.

— Si c'est le maire qui décide, il faut attirer l'attention des médias pour lui mettre la pression, reprend « le voyageur ». Un acte concret, visuel. Je ne dis pas que vos réunions ne mènent à rien, je dis que vous n'avez plus le temps de réfléchir.

— Et comment capter l'attention ?

— Ce ne sont pas trois ficelles ou quinze tee-shirts qui déplaceront les journalistes, mais vous avez raison, vous devez occuper le terrain plusieurs jours.

## 11 MARS

Les participants s'impatientent, Clément finit par demander s'il a un plan. Tenant à la main son chapeau qui semble sorti d'un western, l'homme opine calmement. Tous les regards sont désormais posés sur lui.

— Je reviens du désert de Gobi. Les grands espaces offrent aux hommes l'occasion de réfléchir. Nous voulons faire évoluer la situation et pour y parvenir il faut penser autrement. Le faible protège le fort.

Ce type qui cultive le suspense agace aussi Fanny, elle lui lance :

— Où voulez-vous en venir ?

— Et si on posait un gigantesque tapis de fleurs autour de l'arbre ?

Il s'arrête un instant avant de continuer :

— Il faut donner du beau pour en recevoir.

Félix a rejoint l'homme au chapeau.

— C'est réalisable, certains agriculteurs pourraient nous aider.

Devant la perplexité générale, il s'explique :

— Nous sommes une douzaine à cultiver des hectares de variétés différentes. Une plaque en métal entre les pales du tracteur permet de soulever environ un mètre carré de terre, semé de fleurs déjà à maturité et de l'apporter jusqu'ici.

— Ça ne risque pas de coûter trop cher ?

— S'il y en a un qui vous réclame de l'argent, je le fais sécher dans ma grange.

— J'imagine déjà un damier de jonquilles et de tulipes, dit Fanny dans un sourire.

Elle est bien roulée, Fanny, malgré ses dix ans de plus que lui. Manu adore sa robe à pois jaunes et bleus et il l'emmènerait volontiers dans sa camionnette, parcourir la France en se roulant une pelle tous les trente-sept kilomètres.

Elle poursuit.

— Il suffirait de tracer quatre chemins dans le damier pour accéder à l'arbre si les gens le désirent.

L'ancienne pharmacienne enfonce la porte ouverte :

— J'aime bien l'idée du tapis de fleurs. C'est le printemps, la vie, la renaissance.

— Et le marché, vous y avez pensé ? Je vais les vendre où, mes artichauts ?

— Tu fais du zèle, maintenant ! T'inquiète pas pour les artichauts, dit Félix.

— Trouverons-nous assez de tracteurs ?

## 11 MARS

— Sans parler de l'accord des cultivateurs ?

— Rendez-vous demain avec les réponses à ces questions, conclut Suzanne. Et pas un mot à l'ouvrier municipal ni aux employés municipaux.

Voici venu le moment de fumer un joint au beau milieu de la lavande.

# 12 mars

*François Lebrun*

Un mauvais rhume a cloué François au lit toute une journée, exceptionnellement il travaille ce dimanche pour rattraper le temps perdu. Avant la fin de l'après-midi, il aura nettoyé les allées du cimetière et taillé la haie du jardin derrière l'église. Tout doit être impeccable pour le mariage de samedi prochain. François repense à son propre mariage. Il n'y avait pas grand monde. Ils ont posé avec le maire et un voisin a filmé la cérémonie pour envoyer des images à La Réunion. Son papillon des îles était habillé en rouge vif. Il l'a emmenée en voyage de noces à Marseille, une ville qu'il avait toujours rêvé de visiter.

La naissance aura lieu très bientôt. Pourvu que ce ne soit pas aujourd'hui. François refuse

## UN ARBRE, UN JOUR...

de laisser son boulot en plan et de toute façon, à part tourner de l'œil, à quoi servirait-il en blouse verte dans une salle d'accouchement, entre trois seringues et une sage-femme bien plus expérimentée que lui ?

Au moment de balayer autour du caveau de la famille Poncelet, sa poche vibre. Le manche dans une main, le téléphone dans l'autre, il entend crier : *Malaké à lopital et tamuse pas en route la marmaille s'en vient zordi !* Son corps comprend avant sa tête. François s'assied sur la tombe de Louis Poncelet et s'adosse au « Qu'il repose en paix ». Il va donc être papa. Les morts qui l'entourent lui donnent envie de vivre comme jamais.

Après vingt et une minutes de trajet dans la nouvelle Audi de son voisin, la musique à toute berzingue pour ne pas trop réfléchir, il se retrouve au milieu du hall de la maternité et au bout, dans le contre-jour, en robe fleurie : sa belle-mère ! Elle le serre contre son envahissante poitrine, lui tapote les joues en répétant *baba, baba, baba !*

Il ouvre doucement la porte de la chambre. Et là, son papillon des îles berce leur *baba*. François aimerait parvenir à crier bravo, à chanter sa joie,

# 12 MARS

à danser sa fierté. Il reste cloué au sol, incapable d'absorber une réalité plus grande que lui. Heureusement qu'elle s'est installée chez eux, finalement, la belle-mère.

— Louna, elle s'appelle Louna, murmure Rosalia.

François s'approche du lit et retire délicatement le petit bonnet posé sur la tête de l'enfant. Il retient sa respiration... elle a les cheveux noirs de sa mère.

— Pourquoi pleures-tu ? demande Rosalia.

— Je ne sais pas.

Il prend la menotte de sa fille et elle s'agrippe à son doigt. Il a encore plus envie de pleurer. Est-ce ainsi qu'on devient père ?

— Maman va rester encore un peu avec moi. Tu as l'air épuisé, repose-toi, tu dois travailler demain.

En rentrant chez lui, il passe par la place. François regarde longuement le platane et pour la première fois, il mesure à quel point il est majestueux. Un irremplaçable témoin de la vie. Sa fille ne le connaîtra jamais.

UN ARBRE, UN JOUR...

*Suzanne Fabre*

Il y a du monde : quelques maraîchers en congé, les retraités qui viennent faire le plein de potins de la semaine et des habitués qui s'arrêtent au bar avant de partir en ville. Tous commandent l'apéro en même temps. Suzanne sert quatre pastis, débouche deux bouteilles de blanc et surveille le plat du jour qui mijote. Ce sera plus facile quand Joe sera de retour.

À la fin du coup de feu, elle s'accorde une courte pause. Joe ! Son physique de rugbyman, son rire tonitruant et son air protecteur, c'est ce qui l'a séduite dès le début. Elle l'a dans la peau, son bricoleur sans états d'âme. Son « insubmersible », comme elle l'appelle. Vingt-cinq ans après leur rencontre, ils sont toujours amoureux. Cette nouvelle situation la déstabilise. Depuis dix-huit semaines, ils passent leurs nuits dans deux lits différents. Joe, chambre 12 au centre de rééducation. Suzanne, au-dessus du bistrot. Hier elle n'avait plus envie de le voir et elle chassait le désir pour laisser place à la colère, aujourd'hui elle voudrait se coller contre lui.

## 12 mars

Et puis, cette histoire d'arbre la tenaille. Suzanne ne supporte pas l'idée qu'il soit remplacé par des parasols publicitaires pour une marque de pastis. Le platane donne tout son charme à la place, il attire les touristes l'été et leur suggère de flâner sur la terrasse du bar et de commander une deuxième tournée. Le banquier a appelé : « Vous n'avez pas honoré votre dernière traite, madame Fabre. » Comme si elle ne le savait pas. Comme si elle pouvait ouvrir plus souvent que du lundi au dimanche. Si l'arbre tombe, elle s'effondre aussi.

L'inertie de la plupart des habitants du village la rend folle, on dirait que ça ne les concerne pas. Il ne reste que neuf jours avant la date fatidique pour mobiliser les indécis, les allergiques au pollen et tenter de convaincre les réticents. Certains se réjouissent que l'arbre disparaisse, ils préfèrent une place dégagée et davantage de lumière, d'autres aimeraient un espace de jeux pour les enfants, d'autres encore, une fontaine.

En cette fin d'après-midi, quelques tables sont occupées par des visages familiers. Suzanne aime ça, la fidélité. Surtout celle de ses clients. Le grand type qui vient des environs de Londres et qui vit désormais à l'année dans sa résidence secondaire lui a confié, avec son inimitable accent, façon patate chaude dans la bouche : « J'ai dû choisir entre la France et l'Angleterre. Je n'ai pas hésité longtemps. » Et puis, il y a Mme Cobut, l'ancienne pharmacienne, retraitée depuis trente ans. Suzanne se souvient du sirop au thym qu'elle préparait derrière le comptoir pour guérir les angines, les bronchites et les rhumes. Elle se réjouissait de tomber malade, car il glissait dans sa gorge comme un petit Jésus en culotte de velours. Quand Mme Cobut a pris sa retraite, la pharmacie et le sirop au thym ont disparu. Elle s'installe dorénavant chaque matin de dix à onze heures à la table du fond, le nez dans ses mots croisés. Suzanne ne se souvient pas des noms de tous ses clients, mais elle connaît leurs habitudes, comme autant de petits bonheurs dont elle se délecte.

C'est le moment de gagner des signatures et de vendre quelques badges. Gare à ceux qui refusent. Hier, il y en a même un qui a osé : « Si ça libère une place de parking pour ma bagnole, tant mieux. » S'il remet les pieds ici, Suzanne lui envoie son café à la figure.

## 12 MARS

Elle s'approche de la table de Jacques Dumoulin, il reçoit ses patients trois maisons plus loin, il est certainement scandalisé comme elle.
— Vous êtes au courant pour l'arbre ?
— Vous n'allez pas vous y mettre vous aussi !
— On a décidé d'installer un tapis de fleurs le 16 mars sur la place pour donner un grand coup de pied dans l'immobilisme de la mairie.
— Ça devient inquiétant cet attachement excessif à l'univers végétal. Un de mes patients a même vu le visage de son père dans l'écorce du platane.

Ce type ne l'écoute pas.
— Vous connaissez « le voyageur » qui habite la maison grise au bout du village ? C'est lui qui a eu cette idée magnifique. Il n'est pas question pour nous de perdre le platane, il doit nous survivre, insiste Suzanne. Vous n'avez pas envie de vous rallier à notre cause ?

Le psy explose.
— L'arbre, toujours l'arbre. Le jour où il aura tout à fait disparu, je vais pouvoir enfin travailler comme avant, la place sera vide et j'aurai la paix. Vous savez quoi, je n'en peux plus de cet arbre, qu'on l'abatte et qu'on n'en parle plus !

## UN ARBRE, UN JOUR...

 Sur la place, leurs voix montent et se brisent, ils chuchotent, puis de longs silences alourdissent l'atmosphère. Hier, pour la première fois, Clément m'a pris dans ses bras. J'ai eu l'impression qu'il priait, qu'il implorait, qu'il suppliait même. Étrangement, ainsi se comportent les hommes quand ils n'en peuvent plus. Suzanne venait me voir tous les soirs, désormais elle débute aussi sa journée près de moi. Ce matin, elle a tenté de me dire quelque chose, elle a effleuré une de mes branches de sa main tremblante et elle a balbutié : « C'est foutu. » De sa fenêtre entrouverte, Fanny m'a contemplé longuement puis elle a fermé les rideaux rageusement. Manu traîne son grand corps fatigué, ce n'est pourtant pas le jour du marché. Lui aussi a l'air inquiet. Avant de sonner au 34, Raphaël s'est retourné un instant pour me regarder. Il est entré dans l'immeuble tête baissée. Adeline et Violette, elles, me semblent plus petites, comme tassées, leurs pas sont plus lents, leurs mines affligées. Chacun à leur manière, ils sont tous à fleur de peau. Je devrais pouvoir

## 12 MARS

garder la distance entre nous. Ils s'agitent toujours pour un rien, les héros de mon quotidien, alors que moi, je suis bien enraciné.

Et pourtant je suis à fleur d'écorce.

# 13 mars

*Clément Pujol*

D'habitude, avec Louise, sa meilleure amie qui grimpe comme un garçon, ils s'installent aux premières loges pour observer les allées et venues. Elle a un air sage avec ses couettes blondes, mais elle n'en a que l'air, car c'est la première à coller du chewing-gum sous les bancs ou à mettre du poivre dans le bocal du poisson rouge. De la troisième branche à bâbord, ils bénéficient d'une vue plongeante sur le parvis. Le mois dernier, ils ont assisté à un mariage et ils se sont amusés à décerner des prix aux chapeaux de la noce. Mention spéciale au bibi bleu avec les plumes d'autruche. Mais ce matin, Louise manque à l'appel. Clément a fait le tour par le jardin, les volets de sa maison sont clos. À l'occasion, elle glisse un message au pied

## UN ARBRE, UN JOUR...

du platane, en dessous d'une pierre. Aujourd'hui, rien. Clément observe un lézard tigré, les colonies de fourmis, une toile d'araignée et des insectes qui escaladent les feuilles. Tant pis, il est temps de crapahuter jusqu'à sa branche favorite.

Il dépose à côté de lui un paquet de gâteaux secs. Si Louise ne se dépêche pas, il les mangera tout seul. Jeudi la place sera recouverte de fleurs et tout va s'arranger. Dès qu'il change de point de vue, les choses prennent une autre allure. Vu d'en haut, c'est comme s'il utilisait des jumelles à l'envers. Il rêve de voir ses parents se promener main dans la main. Ils ont encore échangé des gros mots hier soir, même si en s'embrassant avant de dormir ils effacent toutes les disputes. Il n'a pas dit à sa mère qu'il a volé un billet de cinq euros dans son sac pour s'acheter des carambars. Vu d'en haut, ça paraît moins grave.

Voilà M. et Mme Bonnafay qui ferment leur porte à clé et démarrent lentement. Il chronomètre le temps qui leur est nécessaire pour aller de chez elles à la poste.

Vues d'en haut, les fenêtres ressemblent aux cases d'une bande dessinée. Fanny a laissé

## 13 MARS

grandes ouvertes celles de son appartement. La première, là où elle se déshabille quelquefois, la deuxième, avec la photo de l'immense gâteau escaladé par des playmobils, et la troisième où, de la petite fourchette jusqu'à l'assiette à soupe, en passant par les verres à pied, toute la vaisselle est orange.

Son père s'approche de la boîte à livres, regarde à droite et à gauche, sort un bouquin caché sous son pull, le dépose dans la caisse puis s'éloigne à grandes enjambées. C'est donc lui ! Pourquoi ne les lui donne-t-il pas directement ? Clément réfléchit et il comprend qu'à sa manière, son père le serre dans ses bras et lui dit : je suis fier de toi, je soutiens ton projet.

Clément descend de l'arbre, découvre l'encyclopédie sur les grands paquebots, s'assied et dévore le livre.

*Raphaël Costes*

— Ça vous dérange si je laisse la cagette dans la salle d'attente ?

Raphaël s'assied face au psy.

— Vous n'y avez pas été de main morte. Vous aimez à ce point les artichauts ?

— Le vendeur était persuasif, je n'ai pas réussi à dire non. Et puis, c'est un type sympa, on s'est rencontrés au comité. L'indécision me permet de ne pas foncer tête baissée, à force de regarder l'arbre j'ai compris ça. Pour les artichauts, j'ai hésité, mais en ce qui concerne la thérapie, je suis vraisemblablement au bout de mon chemin.

— Qu'est-ce qui s'est passé entre la dernière fois et aujourd'hui pour que vous preniez une décision aussi radicale ?

— Votre phrase était la pièce qui manquait à mon puzzle.

— Quelle phrase ?

— « Avez-vous envisagé qu'en vous demandant de choisir, aucun de vos parents ne vous avait choisi ? » J'ai longtemps pensé que c'était l'arbre qui m'aidait, mais c'est votre phrase qui m'a permis d'avancer. J'ai réfléchi en rentrant à pied l'autre jour après notre rendez-vous. Je me sens beaucoup mieux. Je suis venu vous dire que je ne viendrai plus.

## 13 MARS

— Ça me paraît un peu rapide, il faudrait au moins trois séances pour clore correctement le travail thérapeutique.

— Que voulez-vous que je vous dise de plus la fois prochaine ? Je pense maintenant qu'une promenade en montagne me sera plus bénéfique.

Un couloir, sept marches, un palier, cinq marches, la porte, la lumière, l'arbre. Enfin libre !

*Clément Pujol*

Dans huit jours, le platane aura disparu. Dans huit jours, il aura perdu son ami. Les bras croisés sur le pupitre, Mlle Boisron poursuit son cours. Elle se lève et déroule une carte où apparaissent des châteaux forts et des villages.

— La semaine prochaine, nous étudierons le Moyen Âge, une époque excessive et violente. Malgré les épidémies comme la peste, la lèpre ou la grippe, qui ont décimé des populations entières, l'appétit de vivre était immense.

Clément bondit de sa chaise.

— Je ne suis pas d'accord.

## UN ARBRE, UN JOUR...

— Comment cela, tu n'es pas d'accord ?
— C'est le passé, on ne peut plus rien y faire pour la peste et le choléra. Il y a un drame qui touche tous les habitants du village et vous n'en parlez jamais !
— Que veux-tu dire ?
— L'arbre sur la place ! Ils vont l'abattre !
Elle le regarde, étonnée.
— Qui parmi vous est au courant ?
Des doigts se lèvent. Paul demande pourquoi. Personne ne sait, répond Clément. Martin affirme que si les adultes l'ont décidé, ils ont une bonne raison. L'institutrice avoue qu'elle l'ignorait. Elle habite la ville voisine et passe rarement par la place.
— Il mourra si on ne réagit pas, dit Louise. Clément fait partie du comité de défense du platane. C'est lui qui a lancé la pétition et c'est moi qui ai signé la première.
— Ça ne suffira pas, j'ai même écrit au président de la République, mais il ne m'a pas encore répondu, insiste Clément.
Il leur raconte l'histoire depuis le début. Les enfants restent silencieux, comme si son flux de paroles les hypnotisait. L'heure de la récréation

## 13 MARS

sonne. Loin de ces préoccupations, ils s'en vont jouer, chanter et crier dans la grande cour carrée.
Louise attend Clément près des portemanteaux dans le couloir. Mlle Boisron s'approche de lui.
— Tu l'aimes, cet arbre. On ne saccage pas la nature pour rien. Qu'est-ce qu'ils disent à la mairie ?
— Qu'il est en mauvaise santé, mais ce n'est pas vrai, il va très bien, je monte dedans tous les jours.
Dehors, les cris des enfants se mêlent au claquement de la corde à sauter. Mlle Boisron lui met la main sur l'épaule.
— J'aurais dû aborder le sujet plus tôt, je m'en veux.
Clément contemple le châtaignier qui trône au milieu de la cour, entre les marelles dessinées sur le sol et les paniers de basket.
— Et si on abattait celui-là, qu'est-ce que vous diriez ?
— Je serais furieuse.
Il a marqué un point, il voit bien qu'elle réfléchit.
— Nous allons faire des recherches sur les particularités du platane et la durée de vie d'un arbre.
Il l'interrompt.

— Ce n'est pas d'informations dont on a besoin, c'est d'une idée pour le sauver.

— Et si je vous donnais cours en dessous du platane cet après-midi ? Une sorte de manifestation à notre manière. Qu'est-ce que tu en penses ?

Le sourire revient.

— Vous êtes la meilleure institutrice que j'ai jamais eue.

— Ensemble, on va tenter de forcer le destin. Après la récré, nous parlerons de tout cela. Le Moyen Âge attendra. Tu as raison, il y a urgence. Nous allons occuper le terrain et attirer l'attention. Mon cousin travaille à la radio, il pourrait peut-être l'évoquer dans son émission.

Clément est soulagé. Ce midi, il fabriquera des badges pour toute la classe.

## *Manu*

Alors qu'il s'apprête à allumer un joint, un grand type brun lui tend un micro sous le nez et lui pose des questions sur ses artichauts. Un journaliste pour l'émission *Le Quotidien des gens*. Au même moment, une vingtaine de gosses et leur institutrice

## 13 MARS

débarquent sur la place. Pas moyen d'être tranquille, il va être obligé de remettre sa fumette à plus tard.

Les élèves s'asseyent en désordre au pied du platane, ravis de prendre l'air. Comme il les comprend, son lycée à lui était coincé entre deux avenues et trois feux de signalisation. Une enfance sous le ton de la grisaille. L'institutrice s'engage à fond dans son travail, l'enthousiasme intact comme au premier jour, tous ces mômes ne semblent même pas la fatiguer. Une petite brune plutôt mignonne. Manu aurait aimé l'avoir en face de lui lorsqu'il somnolait sur les bancs de l'école.

Elle leur parle d'abord avec douceur de l'ombre si rassurante que leur offre le platane de Clément, c'est comme ça qu'elle l'appelle.

— Nous pourrions faire quelque chose de particulier le 5 juin, à l'occasion de la Journée mondiale de l'écologie. Le mot date de 1800 et signifie l'interaction entre l'homme et son environnement. La semaine prochaine, nous calculerons l'empreinte écologique de la classe pour connaître notre impact sur la planète. Cet outil permet de comparer la vitesse à laquelle nous consommons les ressources naturelles et produisons des déchets à la vitesse à laquelle la nature absorbe ces déchets et génère de nouvelles ressources.

Elle leur explique la disparition de la canopée en Amazonie et la croissance de la déforestation à l'aide d'illustrations. Ensuite, elle se tourne enfin vers le platane, un témoin concret, loin de ses théories.

— Merci, Clément, d'avoir attiré notre attention sur cet arbre. Parle-nous de lui.

Clément se lève et, ému de les voir tous là, les regarde silencieux, puis il se redresse.

Il est courageux, se dit Manu.

— Vous vous êtes déjà demandé pourquoi les arbres sont debout. Ce platane garde l'équilibre parce qu'il est attiré par le ciel et retenu par la gravité. Il réajuste sa position en même temps qu'il pousse, pour rester droit. Comme nous. Il est constamment en mouvement, mais ça ne se voit pas parce que c'est un mouvement très lent. Ce n'est pas un poteau de bois, c'est un être vivant, intelligent. Il résiste aux parasites, à la pollution et en plus pour trouver de l'eau, il doit traverser le béton. Il s'adapte tout le temps. On nous a dit

## 13 MARS

qu'il était faible, c'est le contraire, il est fort et très malin.

Clément vacille, comme étourdi par sa propre tirade.

— On a le droit de couper un arbre en bonne santé ? interroge un blondinet aux yeux noirs.

— Il paraît que c'est le maire qui décide, répond Clément d'une petite voix.

— Je vais demander à la mairie si la classe pourrait assister à un conseil municipal, ajoute l'institutrice. Je voudrais maintenant que vous formiez un cercle autour du platane, dans le plus grand silence pour ressentir l'énergie et entendre les bruits minuscules qui apparaissent quand on écoute vraiment.

Le front collé contre le tronc, les yeux fermés, les enfants sont calmes tout à coup. Si sa guitare n'était pas restée dans la camionnette, Manu aurait proposé de les faire chanter *Auprès de mon arbre* et leur donner un instant l'illusion que le platane est immortel, comme une chanson de Brassens.

Sur une table dressée par Suzanne, la pétition et les badges, les passants s'arrêtent, le vent s'est levé, les choses commencent peut-être à bouger.

UN ARBRE, UN JOUR...

Après avoir interviewé la postière, le journaliste donne la parole aux gamins, puis il conclut dans son micro : dans ce village, les belles causes à défendre ont de fameux supporters, emmenés par Clément, un militant en herbe de dix ans.

*Fanny Vidal*

— Entre, la porte est ouverte !
Suzanne dépose une bouteille de pinot gris sur la table de la cuisine.
— C'est magnifique chez toi, Fanny.
— On se voit rarement en dehors du bar, je suis contente de te recevoir.
Personne n'est venu ici depuis la dernière visite d'Aurélien. Lui, il préfère dîner dans des endroits insolites. Et puis ce n'est jamais le bon jour, jamais le bon plat, jamais la bonne épice. Ce soir, la présentation des assiettes ne ressemble en rien aux photos, pas de mise en scène, au menu : pâtes aux poivrons sans chichis.
— Et ton décorateur de théâtre, tu as des nouvelles ?
— Silence radio.

## 13 MARS

Aurélien ne supporte pas qu'on parle de lui comme d'un décorateur et pas d'un scénographe. Une seule fois, elle s'est trompée de mot, depuis leur rencontre dans le train il l'a très mal pris et il a souligné la médiocrité de son vocabulaire.

— Finalement, qu'est-ce qui t'a séduite en lui ?

— L'imprévu, l'inconnu, il m'écoute avec intérêt, me couvre de compliments. Et pourtant, je suis toujours sur le qui-vive. Le grand jeu puis la petite pique, l'attente d'une note satisfaisante comme à l'école : « Tu es à croquer aujourd'hui, dommage pour le cardigan, un ton plus clair aurait été parfait. »

— Il joue avec tes émotions, tu es sa marionnette.

Une marionnette. L'image est insupportable à Fanny. Elle, si indépendante, ne s'est pas posé la question.

— Il te manque ?

— Je ne suis pas habituée à le voir si souvent, ce n'est pas encore du manque, plutôt de l'incertitude. Depuis son stupide défi, j'ai parfois des pulsions de vengeance. Je ne me reconnais pas, je suis partagée entre l'envie de le revoir et celle de lui couper la tête.

— Une envie de meurtre ?

— Tu m'aiderais à l'éliminer ?
— Tu blagues ?
— Évidemment.
Le tuer, non, mais Fanny s'imagine mettre le feu à un de ses décors et l'idée lui fait du bien.
— Ma cousine est restée sous l'emprise d'un type pendant des années...
— Moi, je pourrais en sortir d'un coup de dé. Six, je fais une pause. Quatre, je le jette.
— Le silence absolu, ce ne serait pas plus fort ?
Fanny a déjà tenté la grève de communication avec un de ses amoureux, il n'a jamais rappelé.
Elles terminent la bouteille de pinot en grignotant des morceaux de tomme de brebis.
— Et ton Joe, comment va-t-il ?
— Je suis furieuse depuis des semaines, mais la dernière fois que je lui ai rendu visite, j'ai l'impression qu'on s'est un peu retrouvés.
— Vous êtes mariés ?
— Oui. En tout cas, si Joe m'avait lancé un ultimatum pour me demander en mariage, j'aurais éclaté de rire et je lui aurais tourné le dos. Tu dois être mordue.
— Quand on a envie de tuer son mec, c'est de l'amour ?

## 13 MARS

— Non, c'est la ligne droite vers la prison.

Malgré la différence d'âge et leurs vies sentimentales complètement opposées, elles se confient naturellement l'une à l'autre.

— Et au fait, tu sais si Félix a trouvé suffisamment de mètres carrés de fleurs et d'horticulteurs volontaires ?

— Oui, mercredi, c'est le grand jour, répond Suzanne.

— C'est dingue comme on a pu en parler longtemps et là, en deux minutes, tout était emballé, ce mec avait trouvé la super idée. Comment tu vas te débrouiller avec le bistrot ?

— J'ai demandé aux sœurs de m'aider.

— Tu leur fais confiance ?

— Pas une seconde, mais ça leur fera tellement plaisir. Je voulais qu'elles puissent avoir une part active dans l'aventure.

Fanny réalise combien elle se sent proche de Suzanne.

## 14 mars

*Adeline Bonnafay*

Après la tempête d'hier, la partie arborée du cimetière est parsemée de branchages et de brindilles, elle aurait besoin d'un bon coup de balai. Le coin qui intéresse Adeline et Violette a été épargné. Longtemps, le souvenir de leurs fiancés les a accompagnées et même si un jour elles ont moins parlé d'eux, elles continuent une fois par mois à s'installer sur ce banc face aux tombes de Bernard et d'Antoine Lacoste. Ces derniers temps, ici comme ailleurs, la conversation tourne sans cesse autour de l'arbre. Violette n'en démord pas.

— Tu sais que dans une grande ville toute proche, ils ont abattu trente platanes pour le concert en plein air d'une rock star ? Je n'aime pas ce que le monde est devenu, cette idée m'aidera à partir.

— Trente ! Tu exagères encore.

— Parfois, la réalité dépasse mon imagination, l'organisateur a osé déclarer : « Je ne pouvais quand même pas dire aux vingt mille spectateurs qui avaient payé leur place de regarder le spectacle à travers les branches ! »

— Comme si les gens abattaient les murs de leur salon quand ils invitent trop d'amis. Et personne n'a réagi ?

— Parce que tu trouves qu'ici on s'indigne davantage ?

Un monsieur en costume clair passe devant elles une plante à la main et les salue poliment. Il se dirige vers le secteur des caveaux les plus anciens. Recouverts d'une pierre ou marqués d'une simple croix, ils disparaîtront un jour pour céder l'espace à des morts récents.

— Ce n'est quand même pas normal cette histoire d'abattage, il n'y aurait pas quelqu'un derrière tout ça ?

— Jean Foulquier doit forcément en savoir plus.

## 14 MARS

— Il a parfois des caprices incompréhensibles. Souviens-toi, lorsqu'il a commandé une statue pour le hall de la mairie.
— Entre nous, tu ne crois pas que quelqu'un fait pression sur lui ?
— À qui penses-tu ?
— Imagine... un habitant de la place, collectionneur de millésimes... les racines de l'arbre se faufilent sous terre, s'immiscent dans la cave, renversent les bouteilles et siphonnent le château margaux, dit Violette.
— Ou bien François Lebrun ! Il doit en avoir assez de balayer ces feuilles en pagaille.
— Et l'Anglais avec ses chaussures bizarres, il est peut-être « arbrophobe » ?
— Quelle merveilleuse idée, ce tapis de fleurs !
— Oui, je sais, « le voyageur » !
— Tu es prête à tenir le bar avec moi ?
— Je te pose la même question.
— Tu sais comment servir une bière pression ?
— Bien sûr que non. Dis-moi, tous ceux dont le nom est inscrit sur le monument aux morts ont connu le platane ? Il est dans les albums photo de nos chers disparus ?
— Où veux-tu en venir, Violette ?

## UN ARBRE, UN JOUR...

— Rentrons, il commence à pleuvoir, je t'expliquerai à la maison.

Hier, un orage intense a éclaté, les éclairs ont lacéré le ciel. Les toits ruisselaient et les gouttières débordaient. Le vent a soufflé violemment, des bourrasques puissantes secouaient mes branches, faisant osciller ma couronne. Le mistral noir empêche de dormir et agite les êtres. Comme des guêpes énervées blotties dans leur ruche, ils ferment leurs volets et attendent que l'horizon redevienne clair.

À l'aube, le vent sec et froid a chassé la pluie, balayé les nuages en chapelet, blancs comme de la ouate, et lavé le paysage. Très vite, le grand bleu est arrivé, la luminosité éblouissante. Puis d'un coup, le vent est tombé. À cet instant précis, des bruits ont résonné, au loin, vers la route départementale. Les allers-retours des scies avec leurs dents acérées me vrillaient la moelle, le

## 14 MARS

ronflement infernal des tronçonneuses déchirait l'air et le claquement sourd des corps qui s'abattent lourdement a fait écho jusque dans mes racines. Le sol a tremblé longtemps. Puis le silence, plus effrayant encore. Par-dessus les toits, sur la piste sinueuse, un convoi de camions-remorques rouge sang s'est éloigné vers le nord. Des dizaines de troncs gigantesques étaient couchés les uns sur les autres. Pour eux, c'était fini.

Soudainement, me reviennent en mémoire les larmes de Clément, la tension des jours passés, les vibrations inhabituelles, et ce matin, la mort de mes frères.

Je viens de comprendre.

Bientôt, ce sera mon tour.


*Clément Pujol*

Clément a donné rendez-vous à Louise dans le cimetière pour un de leurs divertissements favoris : compter si le mort de dimanche dernier a reçu davantage de fleurs que celui du mois passé. Pour grimper dans le platane, son amie porte toujours des shorts. Elle arrive en jupe, deux pommes dans les mains, il aurait préféré des bonbons.

Louise dicte, Clément note dans un carnet :

*Christian Ménerbes :*
*trois vilains bouquets*
*une couronne*
*des jonquilles artificielles*
*une plante bizarre*

Louise déteste écrire. Elle dit qu'elle écrira quand elle sera grande, les adultes ont une plus belle écriture.

— C'est dommage, pas d'enterrement prévu le 21 mars. Aucun mort cette semaine.

— Et ça aurait changé quoi, Clément ?

— On aurait gagné du temps pour l'abattage.

Clément regarde à droite et à gauche si aucun visiteur ne risque de déranger leurs jeux. Pourvu que M. Leroux soit occupé à l'autre bout du village. Ils déambulent entre les caveaux et les monuments funéraires et s'amusent à lire les épitaphes.

Ici repose Henri-Théodore Farrel,
capitaine d'infanterie, tué par l'ennemi au Tonkin.
Priez pour lui.

## 14 MARS

— Viens voir ce message secret sur les tombes dans le carré des résistants ! crie Louise.

Clément rejoint Louise en courant, il attrape son bras pendant qu'elle lit. Elle prend le temps de déchiffrer lentement :

— Je refuse qu'on abatte le platane.

Clément inscrit les noms de ceux qui expriment leurs désaccords dans son carnet. *Gaston Fougerolles, Antoine Lacoste, Bernard Lacoste, Jacques Vallauris...*

— Tous morts pendant la guerre.

— Quel rapport avec l'arbre ?

— Ils l'ont connu quand ils étaient petits. Ils l'ont peut-être escaladé comme nous.

— Ce message, c'est leur façon à eux de signer ta pétition.

— On devrait le dire au journaliste.

— J'imagine le début de son émission : « les morts manifestent ! »

— Qui a bien pu déposer ça ?

— Le problème, c'est qu'il n'y a pas de témoin ici.

Personne n'a rien vu et personne ne peut raconter ce qu'il a entendu.

Les deux enfants se regardent, l'air inquiet.

# UN ARBRE, UN JOUR...

*Raphaël Costes*

Une branche cassée, des feuilles en berne. Et si l'arbre avait compris qu'il vit ses derniers jours ?

## 15 mars

*Clément Pujol*

— Clément, une lettre pour toi ! crie Suzanne de l'autre côté de la place.
Il court et lui arrache l'enveloppe des mains. Le président lui a répondu !

*Cher Clément Pujol,*
*Nous sommes admiratifs de votre engagement pour les arbres. Il nous est malheureusement impossible de donner suite à votre demande et de passer outre la décision du maire. En tant que représentant élu par les habitants, il gère sa commune et détient tout pouvoir de l'administrer. Nous ne pouvons que vous encourager à ouvrir un dialogue avec lui. Nous sommes heureux d'apprendre que nos citoyens les plus jeunes se mobilisent pour des causes qui leur tiennent à cœur. Merci beaucoup pour votre badge.*

*Secrétariat de l'Élysée*
*Liberté – Égalité – Fraternité*

— Suzanne, ça veut dire quoi impossible de passer outre ?

— Ça veut dire non.

— Le président ne va pas se battre pour un arbre qu'il ne connaît pas, on n'a pas assez de signatures sur la pétition, et les badges, tout le monde s'en fiche. J'aurais dû écrire directement au maire.

Clément glisse la lettre dans sa poche et repart la tête basse. C'est avec Louise qu'il partagera sa déception.

*François Lebrun*

Plus personne à la mairie. Malgré les nombreux travaux effectués pendant la journée, il lui reste encore à colmater une fuite au premier étage et à changer l'ampoule du lampadaire de la salle de réunion. Tandis que François rassemble son matériel dans la réserve au sous-sol, la voix du premier adjoint, Bergerac, s'élève derrière la porte des archives. « Alors, il tombe quand, le platane ? Tu ne serais pas en train de te défiler ? » François ne peut pas s'empêcher d'écouter. « Tu n'as pas

## 15 mars

vu l'avis ? Le 21 mars, terminé, fini. » Cette voix grave, éraillée, qui ralentit en bout de phrase : Jean Foulquier, le maire. Qu'est-ce qu'ils foutent tous les deux aux archives à cette heure-ci ? Pourquoi Bergerac parle-t-il de se défiler ? Il semble faire pression. C'est vrai qu'il n'a jamais digéré de ne pas être élu maire, mais François n'aurait pas imaginé que ça puisse aller jusque-là. Le film repasse au ralenti dans sa tête. Il se rappelle maintenant les regards noirs échangés entre eux dans le couloir l'autre jour. On dirait que la situation s'aggrave. Peut-être une nouvelle rivalité politique.

François les entend s'éloigner, il s'appuie contre le mur et reste un long moment immobile, entre un carton de fusées pour le 14 juillet et une banderole pour la braderie annuelle. Il cherche instinctivement son paquet de cigarettes, s'apprête à en allumer une, interrompt son geste. Interdiction de fumer ici, il risque de faire exploser le feu d'artifice quatre mois trop tôt.

UN ARBRE, UN JOUR...

*Fanny Vidal*

Fanny a donné rendez-vous à Aurélien dans une gare, là où les gens se retrouvent, s'embrassent ou se disent adieu. Fanny affectionne ces lieux de passage. C'est dans un train qu'elle a été séduite, c'est sur un quai qu'elle veut le quitter. Exceptionnellement, elle a insisté pour le voir, au risque qu'il se défile. Elle n'est jamais certaine de rien avec lui, c'est la principale caractéristique de leur relation. Elle ne sait pas sur quel pied danser, et ces derniers temps, l'attente l'empêche de travailler correctement. Que va-t-elle porter ? La robe bleue au décolleté arrondi ou celle aux manches trois quarts parsemée de fleurs ? En haut de l'armoire, un jean large, abandonné là depuis des lunes. Elle l'attrape, puis le repose et décroche le cintre avec la robe décolletée.

Lorsque Suzanne est partie l'autre soir, Fanny a pris la décision de quitter Aurélien. Elle rompt pour la première fois. Elle a toujours appréhendé les premières fois. Son premier shooting pour un sorbet à la mangue qui allait fondre et couler

## 15 mars

sur ses accessoires lui revient en mémoire. Trois nuits sans dormir. Si Aurélien vient, il arrivera en retard. Elle lui racontera l'histoire d'un homme et d'une femme qui se sont rencontrés quelque part entre Paris et Avignon. L'homme avait parlé de théâtre et la femme de la place de son village. La femme a aimé sa peau, son parfum et ses défis exacerbaient son désir. La femme pouvait vivre sans le voir tous les jours, mais elle ne pouvait pas vivre sans se sentir aimée.

Non, c'est absurde, elle ne racontera pas cette histoire, il faut qu'il comprenne qu'elle est fâchée, ses mains tremblent, elle les enfouit dans ses poches. Elle arrive sur le quai pile à temps, l'horloge indique l'heure du prochain train pour Aix. Il n'est pas là. Ce scénario était ridicule et elle aurait mieux fait de mettre son jean, finalement il commence à faire froid. Elle ne se souvient pas d'avoir déjà vu la gare aussi vide. Comment a-t-elle pu espérer qu'il vienne ?

Quarante-cinq minutes plus tard, Fanny rebrousse chemin, elle longe le terrain de foot, les serres de l'horticulteur, emprunte les ruelles qui mènent à la place, repasse devant la poste, la boulangerie, s'efforce de s'attacher à chaque détail des façades.

Vêtu d'une chemise turquoise et mauve, Aurélien est devant chez elle, adossé à la porte. Il la regarde avancer, l'air amusé.

— Qu'est-ce que tu fais ici ? Je t'attendais à la gare.

Il esquisse un geste pour effleurer le creux de sa nuque, à l'endroit précis qui la chavire immanquablement. Fanny repousse sa main.

— Je n'ai plus envie de jouer.

Son regard le trahit, il est déstabilisé. C'est exactement ce qu'elle voulait.

— Je crois que notre histoire va s'arrêter là.

— Je l'ai échappé belle !

— Tu as besoin de mordre pour sauver les apparences ?

— Je n'ai aucun regret, je ne t'aurais jamais épousée.

Avant même qu'il ait quitté la place, elle a fermé la porte.

# 15 mars

J'ai survécu à tant de périls. Les maladies, la vermine, mes racines enfiévrées, le gel. J'ai bien failli y rester lorsqu'il n'a pas plu pendant des semaines et je tiens toujours debout. La foudre est tombée sur le clocher l'été dernier, elle m'a évité de justesse. Sept canicules en un siècle. Je me souviens des feux dans la campagne, l'odeur d'écorce brûlée, les fleurs desséchées, les lézards qui crèvent, le vent étouffant. Je ne veux pas terminer couché dans la remorque d'un six-tonnes rouge sang sur la départementale 12. J'ai cent trois ans, je suis beaucoup trop jeune pour mourir.

# 16 mars

*Suzanne Fabre*

Au moment de trier le verre blanc et le verre coloré, elle balance une bouteille qui se brise et explose dans le conteneur de recyclage, puis une deuxième encore plus violemment. Suzanne fracasse sa colère et pourtant sa frustration, elle, demeure intacte. Joe a mal, Joe ne se plaint jamais, Joe assume son imprudence. Et Joe regrette. Trop facile de dire après « je suis désolé ». Suzanne lui rend visite aussi rarement que possible et uniquement par devoir, même si la tendresse de la dernière fois les a rapprochés. Elle a l'impression d'être dans une impasse. Pas le temps de gamberger, Félix l'attend aux champs, aujourd'hui, ils fleurissent la place et elle doit expliquer aux sœurs comment s'occuper du bar.

UN ARBRE, UN JOUR...

*François Lebrun*

    François allume une cigarette avec le mégot de la précédente puis l'écrase. Depuis une demi-heure, il fait les cent pas devant la mairie. Les mots du maire et du premier adjoint tournent en boucle dans sa tête. A-t-il bien entendu « Tu ne vas pas te défiler » ? Il veut en avoir le cœur net.

    Cette bagarre entre élèves qui avait mal tourné dans la cour de récréation, il y a des années, lui revient. Un grand de sixième avait traité François de sale rouquin et l'avait poussé contre le mur du réfectoire. Jean Foulquier s'était interposé et avait remis l'agresseur à sa place avec un contrôle étonnant pour son âge. Très vite, toute l'école avait été au courant. Peu de temps après, Jean était élu délégué de classe. C'est à présent un homme respecté de tous qui défend les intérêts des habitants et François lui a toujours obéi sans se poser de questions.

    François frappe à la porte et il entend la voix grave de Foulquier clamer un jovial « Entrez ». Assis sous le buste de Marianne, il sourit, décontracté dans son costume cravate. Pas un sourire

## 16 MARS

de politicien ni un sourire de conspirateur. Un sourire de gars du village, le même que quand il était gosse.

— François... tu as besoin de quelque chose ?

François triture des allumettes brisées au fond de sa poche. Par habitude, il se tient poliment à distance du bureau, ça ne lui viendrait pas à l'idée de s'asseoir ou de tutoyer M. le maire, même s'il le connaît depuis le CP.

— Tout homme qui tue sera condamné à dire la vérité.

— Pardon ?

Au fil des années, ils ont partagé chaque événement de la vie du village et renforcé leur relation, même si c'est aux deux extrémités de la hiérarchie. Comme il ne trouve pas les mots pour aborder le sujet, François sort le bout de papier et le pose sur le bureau.

— Qu'est-ce que c'est ?

— Depuis deux semaines, des messages anonymes sont collés sur le platane. Le dernier en date, vous l'avez sous les yeux.

Le maire s'empare vivement du papier, le lit, le déchire et jette les morceaux dans la corbeille.

## UN ARBRE, UN JOUR...

Il ne sourit plus. François recule d'un pas, il sent son estomac se contracter, mais il garde son cap.

— Il y en a eu d'autres avant. Celui du 2 mars disait : *Ça porte malheur d'abattre un arbre.* Celui du 9 mars : *Assassins !* Et celui du 14 mars : *Vous allez le regretter.*

— Les gens ont des idées farfelues ! Ils n'ont rien d'autre à faire ?

Par réflexe, François enregistre qu'il manque une ampoule au lustre et que la peinture du plafond commence à s'écailler.

— Monsieur le maire, je vous ai entendu aux archives.

— Aux archives, qu'est-ce que tu racontes ? Je ne descends jamais au sous-sol.

— Hier à dix-huit heures, sans le vouloir, j'ai surpris votre conversation avec le premier adjoint, je dirais même une altercation.

— Ah ! Oui. Un souci de serrure, nous avions quelque chose à vérifier, un vrai bricoleur, ce Bergerac. Alors, comment va ta petite famille ?

Le maire aligne les stylos sur son bureau. Dans un sens, puis dans l'autre. François n'aime pas qu'on le prenne pour un con. Il insiste :

— C'est quoi votre problème avec cet arbre ?

# 16 MARS

— De quoi parles-tu ?
Les stylos sont maintenant disposés verticalement.
— Pourquoi voulez-vous l'abattre ?
Jean Foulquier cherche un dossier dans une armoire et le consulte longuement avant de se retourner vers François. Il a retrouvé son sourire, mais cette fois c'est le sourire figé du politicien.
— L'abattage aura lieu dans cinq jours, point final.
— Pendant votre congé, les gens du quartier ont créé un comité de défense.
— Écoute, François, je n'ai pas eu le choix.
— Ils ont droit à une explication.
— Tu n'as rien à leur expliquer, je suis aux commandes de ce village et j'irai jusqu'au bout, assène-t-il en resserrant son nœud de cravate.
— Ils pourraient réclamer une contre-expertise.
— Trop tard.
— Monsieur le maire, j'ai toujours fait ce qu'on me demandait, mais là ça prend des proportions dont vous ne mesurez pas l'importance.
François s'entend crier.
— Vous devez annuler cette décision !
— Le sujet est clos, reste à ta place, on ne te demande pas d'être conseiller, que je sache. Et

maintenant, laisse-moi, j'ai une réunion pour la rénovation de l'église à préparer.

François intercepte le regard du maire vers le cliché sépia de ses grands-parents, assis sur un banc, au pied du platane. Ils ont élevé Jean, François se souvient encore de la confiture de groseilles que la grand-mère Foulquier étalait sans compter sur les crêpes, lorsqu'il était invité chez eux. Il croit un instant à un revirement de situation, mais le maire ouvre la porte de son bureau et le salue.

En sortant de la mairie, François s'assied sur les marches, perplexe, découragé et persuadé que Jean Foulquier ne dit pas la vérité.

## Manu

Manu est arrivé le premier pour accueillir les autres volontaires. « Le voyageur », qui veut superviser l'événement, n'est pas encore là, il déguste certainement « un thé rare rapporté d'une étendue lointaine où les hommes réfléchissent ». Violette et Adeline se sont pomponnées pour remplacer Suzanne. Debout, derrière le bar, elles servent les

## 16 MARS

premiers clients. Cette scène vaut tous les artichauts du monde.

La place est vide, pas même une chaise oubliée. Impossible de trouver le repos. Avez-vous perdu la mémoire, effacé tous les moments que nous avons vécus ensemble ? Pourquoi vous en prendre à moi ? Vous avez suspendu des lampions sur ma tête, les chiens m'ont pissé dessus, quand ce n'était pas les hommes. Vous avez gravé des cœurs sur mon écorce avec des canifs pointus, vous m'avez pris en photo, vous avez pompé mon oxygène et aujourd'hui, vous décidez de m'exécuter sans aucune forme de procès, alors que mes racines en pleine santé s'accrochent loin sous la terre et que ma cime se dresse haut dans le ciel. Est-ce la loi des humains ? Vous m'avez planté pour embellir cet endroit ! Et maintenant, je fais trop d'ombre à quelqu'un ? Je ne suis pas assez remarquable ? J'ai beau clamer mon innocence, personne ne m'entend. Par quoi voulez-vous me remplacer ? La statue d'une célébrité ? Une sculpture d'arbre en fer forgé ? Un chêne ? Rien ?

*Suzanne Fabre*

Manu adore bayer aux corneilles. Aujourd'hui, torse nu, il décharge des caisses de fleurs, transporte des sacs de terre en sifflotant. Si elle avait eu un fils, il aurait son âge.

Bien avant l'arrivée du soleil dans mes branchages, Fanny apparaît, en bottes avec des gants de jardinage. Ça lui va à merveille, même si je la préfère en robe. D'autres la rejoignent dans une tenue identique, les parents de Clément et des gens de passage que je ne me rappelle pas avoir déjà vus. Soudain, un tracteur couvert de tulipes débarque sur la place.

# 16 MARS

*Adeline Bonnafay*

« Le voyageur » est entré pour commander un café. Accoudé au comptoir, il observe au-dehors la scène qu'il avait imaginée il y a cinq jours dans ce bar. Si elle avait rencontré un homme comme lui après la guerre, sa vie aurait pris un cours différent. Celle de Violette aussi probablement, à voir comme elle le regarde au lieu de se concentrer sur la mousse de lait qu'elle essaye de faire monter. Les mains d'Adeline tremblent et la poudre de cacao s'envole.

Un véritable ballet débute sur la place, chacun semble connaître son rôle. J'entends ronronner un moteur. Un autre tracteur arrive, puis un autre. Chacun d'eux dépose une parcelle de terre déjà fleurie de tulipes, de jonquilles, de primevères, ou des branches de mimosa, et très vite, des touches de couleur noient la grisaille des pavés.

UN ARBRE, UN JOUR...

*Raphaël Costes*

Les gosses de l'école remplissent leurs seaux de terre et comblent les espaces entre les carrés, Suzanne ratisse pour égaliser, Clément surgit avec dix arrosoirs enfilés sur un manche à balai. Astucieux et observateur, ce gamin a anticipé que les fleurs auront soif à la fin de la journée. La pluie est rare en mars.

Que se passe-t-il ? Le concours du plus beau village de France ? Un mariage original ? L'anniversaire du maire ? Pourtant les cloches de l'église n'ont pas sonné. Une immense corolle de fleurs m'encercle à présent. Ils ont de ces idées. Un jour, ils nous planteront dans la mer. J'aime cette odeur de terre encore humide de la nuit. Ça me change de la glycine.

# 16 MARS

*Clément Pujol*

Clément appelle Louise, Arthur et le reste de sa classe à la rescousse. Un pour remplir les arrosoirs, un pour les apporter, un pour arroser, tous attentifs à ne pas marcher sur les fleurs. Deux journalistes contactés par Mlle Boisron débarquent avec leurs micros et leurs questions. Ensemble, c'est sûr, ils vont gagner.

Maintenant, des milliers de fleurs ont recouvert les pavés. Une envolée de parfums m'étourdit. Et si ce n'était pas un jour de fête, mais un jour de deuil ? Mes racines se crispent. Le frisson de la joie ressemble à s'y méprendre au tressaillement de la peur. D'habitude, sur cette place, les fleurs décorent les corbillards, le plus souvent blanches, entourées de rubans qui flottent au vent, mais aujourd'hui, elles sont disposées sur le sol en un damier bariolé.

UN ARBRE, UN JOUR...

Quelqu'un d'autre va mourir dans le village et j'ignore son nom.

*Fanny Vidal*

Fanny se redresse lentement, la bêche à la main et observe le travail accompli. Il manque quelque chose. Des nains de jardin ? Trop kitch. Elle sourit, elle a trouvé. Il suffirait de suspendre les petits arrosoirs identiques et multicolores apportés par Clément à une corde tendue entre deux réverbères.

Ce soir, elle sait qu'à chaque fenêtre, il y aura des hommes, des femmes, des enfants. La créativité rassemble, mais sera-t-elle un rempart assez fort contre la mort ?

Le dernier carré du damier est posé. Tous sortent leurs écrans, prennent des clichés, s'extasient, comparent les images à un tableau et poussent des cris. Du jaune, du bleu, du rouge, du rose, des

# 16 mars

verts. Ai-je déjà vu plus beau spectacle depuis mes premiers jours à la pépinière ? Le mimosa pique du nez. Il semble fragile et cette fragilité me touche. La fête m'est destinée peut-être. Personne ne couvrirait la place de fleurs si on allait m'abattre. Et si la beauté venait de la fragilité ?

## François Lebrun

Sa belle-mère lui a parlé d'une surprise florale, mais il ne s'attendait pas à une telle merveille. Immobile, saisi par ces couleurs et ces senteurs, il se dit qu'on a déposé le PMU au bord d'un champ de fleurs.

Pour la deuxième fois de la journée, il frappe à la porte de Jean Foulquier.

— Vous devriez aller voir ce qui se passe sur la place, monsieur le maire.

## Manu

Voilà les flics. Qu'est-ce qu'ils veulent ? Tout le monde regarde Clément se diriger vers eux. C'est le grand avec son képi qui lance les hostilités.

— C'est quoi ce bazar ? Vous n'avez pas d'autorisation. Il faut dégager !

— Si on les enlève, ce ne sera pas possible d'empêcher l'élagage demain. Les fleurs, c'est quand même pas interdit ?

Un des agents se fâche.

— À cause de vous, l'élagage est reporté au 21 mars, en même temps que l'abattage.

L'autre semble touché par la détresse de Clément.

— Tu peux en rempoter deux trois en souvenir.

— Vous ne comprenez rien !

Clément a raison, ils pigent que dalle. Fanny sort de chez elle et discute avec les hommes en uniforme. Après quelques minutes, le ton monte. « Foutez-nous la paix », crie un homme d'une fenêtre. Les épaules basses et le visage découragé, Fanny se tourne vers Clément.

— J'ai obtenu un sursis, ils ont accepté de laisser le tapis fleuri cette nuit, mais à l'aube tout sera déblayé. Je suis désolée.

# 16 MARS

La police est partie et les habitants ont refermé leurs volets. Je suis seul. Dans le soir tombant, les tonalités des fleurs s'estompent et leurs fragrances explosent, décuplées par la pluie des arrosoirs.

# 17 mars

Ce n'était pas pour le concours du plus beau village de France
Ce n'était pas pour un mariage original
Ce n'était pas pour un enterrement
Ce n'était pas pour l'anniversaire du maire
C'était pour me sauver !

Ils entament ce matin un nouveau ballet, plus lent, plus triste, pour remplir pots et jardinières, grignotant à peine le damier de ces extravagantes floralies. Qu'ils se dépêchent s'ils veulent garnir toutes les fenêtres, car, au loin, j'entends les moteurs des déblayeuses.

UN ARBRE, UN JOUR...

Et dans quelques jours, viendront les broyeuses. Les élagueurs m'amputeront d'abord de mes branches les plus longues. Je n'aurai même pas le temps de cicatriser qu'ils feront tomber ma couronne. Le bruit sera assourdissant. Ma sève cessera de circuler. Est-ce que mourir fait mal ? Les blessures, oui. Mais la mort ? J'ai déjà si peur. Je serai terrifié. Le vacarme de la tronçonneuse continuera malgré tout. C'est le seul bruit que tout le village entendra, car ma douleur à moi restera silencieuse. Bientôt, je ne serai plus que sciure et copeaux alors que ces fleurs qui me semblaient éphémères ne se fanent pas encore.

*Suzanne Fabre*

Suzanne termine de classer les billets de loto quand l'homme des déserts entre dans le bar et s'installe au comptoir.

— Je vois que vous êtes déçue.

— Tout ça pour ça ! La place est aussi nette que s'il ne s'était rien passé.

— Dommage pour les fleurs, mais n'oubliez pas, ce qui compte c'est qu'on en parle. Les

## 17 MARS

journalistes sont revenus pour le déblayage. Et grâce à votre mobilisation, l'élagage a été reporté. C'est déjà ça de gagné.

— Il me reste des olives, je vous les offre pour accompagner votre pastis.

— Tout est en mouvement perpétuel. Il y a toujours de l'espoir. Chaque matin est un nouveau départ. Vous savez, Suzanne, quand je me réveille au milieu du désert, la vie semble absente, mais, à elle seule, la lumière rasante sur le sable justifie d'être là.

*Raphaël Costes*

C'est étrange comme l'arôme du café est différent ce matin. Chacun a donné du sien pour rendre espoir à ce village et aujourd'hui la place ressemble à une salle des fêtes déserte après une pièce de théâtre.

Assis sur la terrasse du PMU, Raphaël aperçoit l'ouvrier municipal en mouvement, avec son bleu de travail qui semble toujours sorti de la machine. Il s'affaire autour de l'arbre, donne un coup de balai sur la place désertée par les équipes de déblayage puis vient s'asseoir au bar.

UN ARBRE, UN JOUR...

Ça fait au moins trois cigarettes qu'il enchaîne en fixant ses pieds. Depuis combien de temps Raphaël n'a-t-il plus parlé à quelqu'un à la terrasse d'un bistrot ?
— J'ai appris que vous êtes devenu papa. Félicitations !
L'autre lève la tête, bredouille un merci, détourne le regard.
— Vous ne devez pas beaucoup dormir en ce moment.
— C'est rien de le dire.
Justement, lui, Raphaël, il dort paisiblement depuis qu'il a quitté le psy. Comme une trouée de bleu dans un ciel sombre, il se sent plus léger.
— Les habitants sont très perturbés ces temps-ci et vous en connaissez la raison.
— C'est plus compliqué que ça en a l'air.
— Ce rapport d'expert m'intrigue.
François Lebrun garde le poing serré sur la table et marmonne.
— Il y a des choses qu'on ferait mieux de ne pas savoir.
— Nous sommes tous inquiets de la tournure que prennent les événements et terriblement déçus que le tapis de fleurs n'ait servi à rien.

## 17 MARS

— Inquiets ! On voit que vous n'êtes pas le destinataire de messages anonymes.
— Je viens de vous voir enlever l'avis d'abattage. Il est annulé ?
— C'est confidentiel.
Raphaël perçoit le désarroi chez celui qui comme lui navigue dans les hésitations.
— Pourquoi ? Il y aurait quelque chose à cacher ?
— Si je désobéis, je suis viré.
Raphaël voudrait lui mettre la main sur l'épaule, lui affirmer que ça va aller. Il se tourne vers le bar et lance la commande.
— Deux cafés, s'il te plaît, Suzanne.

## 18 mars

*François Lebrun*

Le samedi, le premier adjoint dévore son casse-croûte dans le parc municipal, assis sur un des bancs en fer forgé repeint en vert la semaine passée. François s'approche.
— Monsieur Bergerac, je suis allé trouver le maire avant-hier.
— Et alors ?
— Quelque chose n'est pas clair, je suis harcelé de questions par les habitants.
— De quoi tu parles ?
— Du platane, évidemment.
— Ne te mêle pas de ça !
— Je vous ai entendu l'autre soir aux archives. Vous savez, je pourrais vous dénoncer.

## UN ARBRE, UN JOUR...

— Tu crois qu'on t'écoutera, toi, l'ouvrier municipal ?

Deux jeunes filles se retournent et les regardent avec intérêt. Bergerac laisse échapper un rire énorme et des morceaux de thon mayonnaise s'écrasent sur sa chemise impeccable. D'un revers de la main, il balance les miettes aux pigeons.

— Allez, je vais te dire la vérité, c'est juste un pari.

— Un pari sur un arbre vieux de cent ans ! Vous êtes complètement cinglés.

— Tout de suite les grands mots. J'ai dit ça comme ça, il n'a jamais eu de couilles, ton maire, tu n'avais pas remarqué ?

Le premier adjoint fait mine de se lever, François le repousse violemment et le rassied.

— Je vous interdis de parler de lui de cette façon.

— On avait surtout bien picolé. Tu veux connaître les détails ?

— Bien sûr que je veux les connaître.

— Une fin de soirée arrosée à la fête du vin le mois dernier, on était seuls au milieu des vignes, j'ai mis son autorité en doute, il n'a pas supporté et il a hurlé : « Tu vas voir si je n'ai rien dans le

# 18 MARS

pantalon. Qu'est-ce que tu veux que je fasse pour le prouver ? » J'ai répondu : « Faire abattre le platane sur la place », comme j'aurais pu répondre n'importe quoi. On a terminé notre bouteille et c'est aussi simple que ça.
François tremble. Une image s'impose à lui, celle d'une construction de dominos qui dégringolent. En un instant, ce qui a toujours guidé sa vie professionnelle, exécuter les ordres sans jamais les contester et respecter la hiérarchie, a perdu son sens.
— Et pourquoi pas raser la mairie tant que vous y êtes ?
— Je n'y ai pas pensé.

Combien de temps me reste-t-il ? Une journée ? Une heure ? La vie m'a semblé longue parfois. Maintenant que la fin est proche, tout s'accélère comme un éclair. Je ne veux pas mourir, pas tout de suite. Je veux savourer chaque instant, les nuages aux formes biscornues, la caresse du vent, le ciel qui s'embrase, le ruissellement de la pluie et les quartiers de la lune. Je veux tenir ma promesse, être là pour l'hirondelle et ses petits au prochain printemps. Je veux être là lorsque Joe soulèvera les bacs de bière et que Raphaël emménagera sur la place. Je veux être là quand Adeline arrêtera de respirer, le matin où Fanny sortira enfin de chez elle avec un landau, quand Clément embrassera une fille pour la première fois. Moi, j'étais heureux, je n'avais rien demandé à personne.

*François Lebrun*

Contrairement à ce qu'il s'était promis, François n'a pas arrêté de fumer et il explose le quota de trois cigarettes quotidiennes qu'il s'était fixé avant la naissance. Devenir père et être le complice involontaire de la mort d'un arbre, c'est trop pour lui.

Ce soir, sa belle-mère a mis les petits plats dans les grands et dressé une jolie table pour fêter l'arrivée à la maison de baba Louna. Tout à coup, François dépose ses couverts et il déballe toute l'histoire de A à Z : la conversation secrète

## 18 MARS

aux archives, la visite au maire, l'adjoint sur le banc, le pari, la colère qui l'a saisi et le submerge encore.

Sa femme repousse son assiette d'acras au milieu de la table.

— Une bataille de vieux coqs qui se disputent la première place dans la basse-cour, *koks-armés*, dit-elle. Et toi, comment tu as réagi ?

— J'ai dit à Bergerac, le premier adjoint : « Je peux vous dénoncer, pensez-y si vous voulez garder votre poste aux prochaines élections. »

François ne s'était pas reconnu dans cette manière abrupte de formuler les choses. La dernière fois qu'il a menacé quelqu'un, c'est quand on a traité sa fiancée de « colorée ». Bergerac a répondu que si l'un d'eux devait perdre sa place, c'était lui, François. Et maintenant il fait partie de ce complot. Et si on l'accusait d'association de malfaiteurs ? Dénoncer l'expert ? Le maire ? L'adjoint ? Les trois ? Est-il assez courageux pour risquer son poste et mettre sa famille en péril ?

— Le maire ne peut pas prendre cette décision sans l'accord des conseillers municipaux, dit Rosalia.

## UN ARBRE, UN JOUR...

— Je sais maintenant que Foulquier l'a glissée parmi vingt-cinq à signer, les conseillers lui font confiance, il y avait plusieurs absents et il a procuration. Les autres n'ont pas examiné le pseudo-rapport de l'expert sur les prétendues faiblesses de structure du platane. Je suis persuadé qu'il ira jusqu'au bout de cette histoire, c'est aberrant, mais il est capable de tout pour ne pas perdre la face.

Rosalia se tourne vers sa mère.

— Peut-être qu'un loup chasse l'autre, dit celle-ci d'un air entendu.

François regarde sa femme d'un air interrogateur, elle traduit :

— L'adjoint cherche à faire tomber l'arbre pour faire tomber le maire.

Le bébé pleure dans son berceau à côté de la table. Pendant que sa mère débarrasse les assiettes, son papillon des îles berce leur enfant et chantonne doucement. François se lève, attrape la bouteille de rhum dans l'armoire et boit une rasade directement au goulot.

— C'est bien, répète trois fois sa belle-mère.

— Quoi ?

— C'est bien la colère. Vas-y, bats-toi, trouve une solution. Le maire et l'autre olibrius, qu'ils

## 18 MARS

se débrouillent avec leur conscience ! Ta fille sera fière de toi plus tard. Il faut sauver l'arbre. Chez nous, quand on tue un arbre sans raison, on dit que les esprits se vengent.

*Adeline Bonnafay*

Adeline a invité Clément pour le goûter. La veille, elle lui a donné une pile d'enveloppes à glisser dans les boîtes aux lettres. Un chausson aux pommes l'attend sur la toile cirée de la table de la cuisine à côté d'un chocolat chaud. Elle espère qu'une pâtisserie lui remontera un peu le moral. Qu'est-ce qu'il avait l'air déçu le jour où on a enlevé les fleurs !

Même si Adeline a perdu tout espoir de sauver l'arbre, elle voudrait que sa fin soit douce et que le platane ne se sente pas seul. Quand sa sœur et elle ont compris que c'était fichu, elles ont suggéré une soirée particulière au comité. Tous les habitants qui le souhaitent sont conviés à se retrouver le 20 mars à vingt heures pour dire au revoir au platane.

Clément avale le goûter en lui racontant sa journée.

UN ARBRE, UN JOUR...

— Je crois que « le voyageur » est parti. Les volets de la maison grise sont fermés. La première qui a ouvert l'enveloppe devant moi, c'est la boulangère, elle a lu et elle a dit « Je serai là » puis elle l'a affichée sur la vitrine.

## 19 mars

*Suzanne Fabre*

Suzanne aime s'endormir dans des draps fraîchement lavés et repassés. Malgré son extrême fatigue, elle les a changés, comme chaque dimanche, mercredi et vendredi. Mais ce soir, sans Joe collé contre elle, l'odeur de l'assouplissant, alliée à la douceur du coton, ne lui procure pas la même sensation. C'est bien joli de serrer l'oreiller, mais un oreiller ne remplace pas l'homme de sa vie. À y réfléchir, l'hospitalisation et l'éloignement les séparent moins que son ressentiment, à elle. Avant l'accident, il l'a toujours soutenue. Pourquoi a-t-elle été si froide jusqu'à maintenant ? Elle ferait mieux de mettre de l'énergie pour sauver son mari plutôt qu'un arbre. Elle s'en fout qu'il boite, il lui manque, son « insubmersible », même cassé.

UN ARBRE, UN JOUR...

Elle va aller le chercher, il restera deux jours et il verra le platane une dernière fois. Elle trouvera un remplaçant pour le bistrot. Ça tombe bien, le lundi est un jour calme.

*Manu*

« Les eaux pétillantes, tu les trouveras dans le frigo de droite, les eaux plates, dans celui de gauche. » Avant de partir, Suzanne a ajouté : « Pas trop de pastis, la carafe à côté, le verre de sauvignon prêt sur le coup de dix-sept heures pour l'Anglais et tu arrêtes de servir le poivrot après trois ballons de rouge. » Manu ne se souviendra jamais de tout, il y aura sans doute des mécontents, mais quelle importance ?

Pour la première fois, il se sent totalement libre de choisir ce qui lui plaît dans le juke-box. Et un boulot qui ne dure que quelques plombes et qui n'engage à rien, ça lui convient. Il aime décidément vivre sa vie comme un jeu, sans contraintes, le plus loin possible du passage dans le monde déprimant des assurances. Qu'est-ce que ses parents diraient de le voir servir des

## 19 MARS

bières dans un trou perdu ? Cet après-midi, c'est lui le roi du PMU.
 Voilà Félix ! Manifestement habitué au troisième tabouret, il s'installe au bar en face de lui, l'air étonné de le trouver là.
 — Alors, on bosse aujourd'hui ?
 — Tu veux dire que je ne fais rien le reste du temps ?
 — J'ai pas dit ça, mon grand, mais on n'a pas l'habitude de te voir derrière un comptoir, plutôt derrière des cagettes d'artichauts. Ça paye bien au moins ?
 — Je dépanne.
 — Il me semble qu'on s'intègre, pour un nomade !
 Vers seize heures, des clients s'installent en terrasse, protégés de la chaleur par le feuillage du platane. Pas de tout repos, le trou perdu. Manu doit assurer le service à l'intérieur et prendre les paris pour les courses et les matchs de foot entre deux allers-retours bar-terrasse avec son plateau chargé de consommations. Dire que Suzanne avait affirmé que ce serait calme !
 Lui, ce qu'il préfère, c'est s'asseoir dans un coin et observer les gens : le mec debout, plongé dans

son journal, impatient d'absorber les mauvaises nouvelles, la fille perchée sur un tabouret avec sa jupe trop courte, les couples mal assortis. Pour une fois, on ne parle pas du platane et ça le repose. Il les écoute discuter de l'arrivée des touristes pour les vacances de printemps ou monter dans les tours à propos des prochaines élections. Il proposerait bien à Suzanne de taguer le mur du fond, ça attirerait plus de jeunes.

Un foulard chamarré traîne sur une chaise en fer. Sans doute celui de la jolie brune, impossible de la rattraper, elle a disparu. Il se le noue autour du cou. Et si elle revenait ? En général les scènes qu'il s'invente avec de jolies brunes ne se réalisent pas.

Ras le bol de jouer au barman. Vivement que Suzanne et ce « Joe » qu'il n'a jamais vu arrivent. C'était quoi déjà, cette dernière chose à faire avant la fermeture ? Il a complètement oublié.

## 19 MARS

*François Lebrun*

Il sait que le maire travaille souvent le samedi matin. Cette fois-ci, François entre dans le bureau sans frapper et il s'assied en face de lui.

— Le premier adjoint m'a tout raconté, il est encore temps d'arrêter ce massacre. Parier sur la mort d'un arbre, c'est comme parier sur la mort d'un homme. Qu'est-ce que vous voulez prouver ? Que vous avez plein pouvoir dans un petit bled comme chez nous ? C'est dérisoire ! Un jour, ça va se savoir et le ridicule vous tuera. Vous n'avez pas compris que ce qu'il cherche, Bergerac, c'est à être assis là, dans votre fauteuil ?

François esquisse un geste vers la photo des grands-parents de Jean Foulquier.

— Vous croyez qu'ils seraient fiers de vous ?

Le maire reste impassible, cette discussion ne mène à rien. François a quelqu'un de plus fort devant lui, la bataille est inégale. L'arbre sera donc abattu. Il se lève et s'en va sans dire au revoir.

Au moment où il s'apprête à fermer la porte, Foulquier le rappelle.

## UN ARBRE, UN JOUR...

— Je vais annuler l'ordre. L'arbre restera debout. Tu viendras demain à vingt heures chercher le papier officiel, signé et cacheté, mais tu la boucles sur le reste.

Ils se regardent comme après un duel. Oui, François se taira, mais il n'a pas oublié cette scène dans le PMU avec le gamin qui l'a traité de bourreau devant tout le monde. Lui aussi détient maintenant une petite part de pouvoir. Il n'annoncera pas tout de suite au comité de défense du platane que la décision a été annulée.

Je me sens tellement découragé. Abattu, diraient les humains. La mort se rapproche. Je voudrais me cacher, mais je suis retenu à la terre par mes racines. Elles s'enfoncent, puissantes, dans le sol, elles m'ont toujours informé, nourri et aujourd'hui elles interfèrent, s'immiscent, m'empêchent de fuir. J'aurais préféré ignorer l'inéluctable, succomber dans mon sommeil, ne pas me réveiller de l'inconscience de la nuit ou

## 19 mars

m'écrouler foudroyé. Mourir naturellement plutôt qu'exécuté. Sous l'écorce, caché à l'intérieur de mon tronc strié d'une multitude de cernes, vibre encore l'arbrisseau à l'imagination débridée qui rêvait de devenir un géant.

## 20 mars

*François Lebrun*

Les cloches de l'église sonnent vingt heures. François trépigne devant la mairie. Dans quelques minutes, il aura la preuve officielle de l'annulation de l'abattage entre les mains. Un jour, il racontera tout ça à Louna et elle sera fière de lui.
Les portes sont closes et Jean Foulquier n'est toujours pas là. Le carillon répète sa musique. Vingt heures quinze. Il se maudit de ne pas avoir flairé l'arnaque. Il appelle le maire. Répondeur. Il fait le tour du bâtiment. Jean Foulquier a peut-être eu un accident ou il a pris la fuite pour ne pas affronter tout le village.
Demain à huit heures pile, l'élagueur sera à pied d'œuvre. Sans le document, c'est foutu. De nouveau le carillon. Vingt heures trente. Non

## UN ARBRE, UN JOUR...

seulement il faut le papier, mais François se rappelle tout à coup qu'il a besoin du cachet du premier adjoint. Et si Bergerac voulait une dernière fois montrer son pouvoir après la scène dans le parc ? « Vas-y, bats-toi, il faut trouver une solution », comme dit sa belle-mère. François pourrait ouvrir la porte du bureau, dénicher un papier à en-tête de la mairie, voler le cachet. Il tâte le double des clés dans sa poche. Falsifier un document officiel. Et perdre son boulot ! Jusqu'où peut aller la désobéissance ? À qui offrir sa loyauté ? Et s'il réglait le problème autrement ? La seule chose qu'il puisse faire pour gagner du temps, c'est appeler l'élagueur. Il tombe sur sa femme.

— Mon mari est à l'entraînement de judo, il prépare sa ceinture jaune, je lui transmettrai le message.

Le carillon ponctue inlassablement les minutes qui s'écoulent, il est maintenant vingt et une heures. L'arbre n'a plus que onze heures à vivre.

20 MARS

*Suzanne Fabre*

Suzanne aide Joe à descendre de la voiture. Les habitants envahissent peu à peu la place. Cela ressemble à une fête, mais elle sait qu'ils ne sont pas là parce que c'est le printemps, qu'il fait beau et qu'ils ont envie de se retrouver. Ils entrent dans le bistrot. Manu a bien fermé à clé, à double tour même, mais il n'a pas dressé une jolie table comme elle le lui avait demandé et elle espère que les billets de loto ne seront pas mélangés avec les bulletins de tiercé. Depuis deux semaines, Joe avait obtenu l'autorisation de revenir le week-end à la maison. Suzanne s'était inventé des excuses pour ne pas aller le chercher. Ce soir, il y aura du monde et le retrouver au milieu du brouhaha de la veillée la rassure, comme s'il fallait réapprivoiser les gestes de l'intimité. Il ne fait pas partie du comité et elle ne pourra pas s'adonner une dernière fois à son rituel : verre de vin, cigarette, seule adossée à l'arbre. Elle observe son homme, assis près de la fenêtre du café, la jambe allongée sur une chaise en fer. Il a vieilli, mais elle aime cette résistance qu'il offre au temps qui passe. Elle le rejoint et caresse ses cheveux qui ont perdu leur belle noirceur en quelques mois.

— J'aurais préféré qu'on passe la soirée à deux, marmonne-t-il. Ces inconnus sur la place me rendent nerveux.

— Nous aurons d'autres soirées. Celle-ci est importante pour eux et pour moi aussi. Ces inconnus, comme tu dis, ont été présents, chacun à leur manière. J'aurais pu tomber. Le petit Clément s'est battu comme un lion. Ça m'a donné du souffle pour affronter ton absence. Il a fait venir sa classe, ce gamin. Regarde, ils sont tous là. Parents admis ! Et les sœurs Bonnafay, elles sont descendues de chez elles, bougies à la main et elles parlent avec les autres, plus qu'elles ne l'ont fait depuis dix ans. La force de l'enfance donne tant d'énergie. La rage de la vieillesse également. Personne ne pouvait prévoir que tu allais te casser la gueule une semaine après l'ouverture. Quand le mauvais sort vous malmène à ce point, il faut faire face.

Les yeux de Joe brillent.

— Toi, Suzanne, ma chérie, c'est ce que tu fais depuis toujours.

A-t-elle vraiment fait face ? Suzanne n'a pas évoqué ses doutes et ses remises en question depuis

## 20 MARS

qu'il est à l'hôpital. Elle ne lui a pas raconté ses nuits d'insomnie, les factures impayées du brasseur et les frais qu'elle n'avait pas soupçonnés quand elle avait choisi cette nouvelle vie à cinquante ans passés. Elle n'a rien dit, mais il avait dû déceler quelques signes de fatigue. Les yeux fixés sur la place qui continue à se remplir, il murmure :
— Je ne monterai plus jamais sur une moto.
Elle ne répond pas. Son ventre se noue, à son tour à elle d'avoir les yeux brillants. Les gens qu'elle croisera penseront que ses larmes sont liées à la disparition de l'arbre. La dernière fois qu'elle a pleuré, c'est le jour où elle a découvert l'avis d'abattage.
Elle pose sa main sur l'épaule de Joe. Elle a bien fait d'aller le chercher.

Je suis plein de vie et pourtant demain je serai mort, ils l'ont décidé. J'ai grandi ici, loin des forêts. Pendant plus d'un siècle, les habitants du village m'ont tenu compagnie, nos liens sont aussi forts que des racines. J'ai observé leurs jours et leurs nuits, humé leurs faiblesses, effeuillé leurs amours. Jusqu'à cette toute dernière soirée, ils m'ont admiré comme un être géant, indestructible et protecteur. J'ai souvent envié leurs fragilités, leurs cris de joie. Parfois, j'aurais souhaité être l'un d'eux. Fanny m'a confié que si elle pouvait choisir, elle rêverait de se réincarner en arbre. Quel serait mon choix ? Une note de piano qui s'envole, un rayon de soleil qui se faufile, un éclat de rire ? Ou alors, renaître en homme ? Pour dormir avec une femme et la serrer contre moi. J'ai le vertige.

*Fanny Vidal*

— Quel plaisir de vous voir, Joe !
Fanny ne l'a pas croisé avant son accident, mais elle en a tellement entendu à son sujet qu'elle a l'impression de le connaître depuis longtemps.
— J'imagine que vous êtes Fanny, Suzanne m'a parlé de vous.
— Un muscadet, s'il te plaît. Je lève mon verre à cette veillée qui nous rassemble, santé à tous les deux !

## 20 MARS

Elle serre Suzanne dans ses bras, comme elles le font depuis le dîner de la semaine passée.
— J'emmène votre femme prendre un bain de foule, ajoute-t-elle, d'un ton presque insouciant.
Cinq enfants, puis dix, puis vingt. Leurs frères et sœurs, leurs parents, l'institutrice, le directeur de l'école, l'Anglais et Mme Cobut et aussi des visages inconnus. Bientôt Fanny ne compte plus. Même les gens qui ne semblaient pas concernés par la cause de l'arbre sont venus. Faut-il que quelque chose se brise pour nouer des liens ?
Ils allument des bougies qu'ils déposent au pied du héros de la soirée et elles font trembler les ombres. « Le voyageur », François Lebrun et le maire manquent à l'appel. Fanny n'aurait pas raté Jean Foulquier, toujours en costume, même pour une petite cérémonie.
De l'autre côté de la place, juste devant la poste, Raphaël tranche le saucisson et le jambon sur une table prêtée par la boulangère pour l'occasion.
— Qui veut un coup de rouge ? demande Manu.
Les deux sœurs, écharpe au cou, pantoufles aux pieds, ne refusent pas la proposition. Violette n'a pas pris la peine de se changer, elle est descendue

en pyjama rayé. Comme d'habitude, Adeline va la surveiller du coin de l'œil, elle serait capable de se lancer dans un discours insensé ou d'entonner *La Marseillaise*.

— Tournée de grenadine pour tous les enfants ! lance Suzanne d'une voix enjouée.

Sous la table, un sac à dos et deux matelas de camping roulés. Raphaël va dormir au pied de l'arbre, une suggestion de Manu.

— Tu passes la nuit à la belle étoile avec nous, Fanny ? Je peux te prêter un sac de couchage, propose Raphaël.

À l'idée des araignées qui pourraient entrer dans le sac et courir sur elle, elle frissonne. Elle aime la campagne, mais de loin. Jamais elle ne sortira avec un mec qui ne parle que de randonnée.

— Non merci, ce n'est pas trop mon truc.

Suzanne prend Fanny par le bras et l'entraîne plus loin.

— J'ai l'impression que depuis plusieurs jours, Manu a la bougeotte, il a envie de reprendre la route, mais quelque chose le retient ici, près de nous.

Fanny hoche la tête distraitement. Et si Aurélien débarquait maintenant ? Pourquoi faut-il toujours

## 20 MARS

qu'elle tombe sur des hommes imprévisibles ? Non, il ne viendra pas, la rupture a été claire et sans ambiguïté.

Des notes de musique s'élèvent dans l'obscurité. Sur le parvis, le papa de Clément joue de la trompette et son fils, une couverture sur les épaules, distribue des feuillets à la ronde. C'est lui qui a eu l'idée d'écrire de nouvelles paroles et de faire chanter l'assemblée sur l'air d'*Adieu monsieur le professeur*. Cette chanson de Hugues Aufray a le don d'émouvoir Fanny. Au premier rang, la maman de Clément le regarde fièrement.

Les voix montent doucement comme une seule.

*Adieu le platane sur la place*
*Celui qu'on n'oubliera jamais*
*Et tout au fond de notre classe*
*Ces mots sont écrits à la craie*

La nuit a tout envahi. Au moment où les gens s'apprêtent à quitter la place et à rentrer chez eux, quelqu'un frappe dans ses mains. Une fois, deux fois, trois fois. Dix mains, vingt mains, puis cent mains. Tous immobiles, en cercle autour de l'arbre, scandent un tempo lent et régulier, dirigés par un chef d'orchestre invisible. Fanny ferme les yeux. Elle pense au rituel de passage d'une tribu aborigène pour envoyer l'âme du platane au ciel. Tels des hommes face à l'immensité de la nature, en fusion avec elle, ils ne parlent pas, n'expliquent pas. Le claquement des mains, comme un écho aux battements de cœur. Ce rythme instinctif vient du ventre et prend le pouvoir et raconte ce que personne ne dévoile. Fanny pleure, Suzanne aussi. Il est là, le véritable au revoir, dans ce temps suspendu. Les feuilles du platane brillent d'un éclat particulier sous la clarté de la lune et le scintillement des bougies. Ils repartent en silence.

Je n'ai jamais été un arbre parmi les arbres, mais ce soir, je suis un arbre parmi les hommes. Que disent les humains avant de mourir ?

## 21 mars

*Suzanne Fabre*

Il est huit heures du matin, c'est le premier jour du printemps. Dans quelques heures, tout sera terminé. Un trou immense sur la place et dans le cœur de Suzanne. Mourir au printemps, on dirait un titre de roman, mais c'est la vraie vie. Elle a refusé d'assister avec les autres à la mise à mort. Dès son réveil elle a accroché un écriteau à la porte du bar « Fermé jusqu'à mon retour » et elle s'est réfugiée dans le grenier. Des années qu'elle n'est plus montée ici. La dernière fois, elle s'était cachée pour ne pas accompagner son oncle à une corrida à Nîmes. Tout le monde l'avait cherchée sans la trouver. Elle s'assied sur le plancher piqué, un jour il faudra le traiter. Alignées le long du mur, des caisses remplies de robes en dentelle et de sabres en bois pour jouer aux princesses et aux corsaires. Une au nom de chaque cousin : Élodie, Catherine, Paul, Michel. Ils les appelaient leurs coffres aux trésors. Près d'elle, une poupée en porcelaine, la tenue militaire de son oncle, de vieux journaux sur l'étagère et, sous un plastique, la robe de mariée de sa tante. Tout est encore là.

À un mètre, la lucarne. Suzanne est tentée de l'ouvrir, de regarder la place, elle s'est juré de ne pas assister à la scène d'abattage et pourtant elle se lève et avance d'un pas, c'est plus fort qu'elle.

Vue plongeante sur des tables, des chaises abandonnées et des bouteilles de vin vides. Le décor de l'exécution est planté. Debout à la terrasse du bar, une vingtaine de personnes. Elle remarque Fanny et Clément, collés-serrés. Leurs yeux sont fixés sur l'élagueur, un grand type musclé, taillé pour ce boulot. Il dispose sur le sol la scie aux dents acérées, d'énormes sécateurs, des cordes, un baudrier, trois casques, la tronçonneuse. Juste à côté, prête à cracher ses copeaux, la broyeuse. Il déploie lentement l'échelle, il ne manque plus que la nacelle.

## 21 mars

Regarder ne lui suffit pas, Suzanne a besoin d'entendre. Elle ouvre la lucarne, un silence effrayant envahit le grenier, même les cigales ont cessé de chanter. L'élagueur enroule une corde autour du tronc. Suzanne respire avec difficulté, la colère de son impuissance monte, elle tente de se calmer, elle expire lentement plusieurs fois, l'abattage va commencer d'un instant à l'autre. Aucun état d'âme apparent, l'homme est payé pour tuer.

Au moment où le camion et sa nacelle arrivent par la rue de l'Église, elle entend quelqu'un courir, elle se penche, François Lebrun surgit par la rue Dupuis, il traverse la place.

— Attendez ! L'abattage est annulé.

Tout le monde se fige. Comme une caisse de résonance, la place semble faire écho et amplifier les voix.

— Vous avez un papier officiel ?

— Non, mais le maire a pris la décision hier.

— Sans un ordre écrit, je suis obligé de poursuivre.

L'élagueur se dirige vers l'arbre. François Lebrun insiste. L'autre brasse de l'air avec ses bras. Suzanne ne comprend pas tout, ils ont l'air de s'énerver. Sur la terrasse, chacun retient son souffle.

D'un geste précis et sec, l'élagueur tire sur le câble, le moteur de la tronçonneuse ronfle. Un bruit insupportable déchire le silence. Une branche tombe. Les doigts de Suzanne agrippent le chambranle. L'image du chirurgien tronçonnant les jambes de Joe la traverse. L'arbre ressent-il la douleur ?

L'élagueur traîne la branche jusqu'à la gueule de la broyeuse, prête à l'engloutir.

— Arrêtez !

Drapé de son écharpe tricolore, le maire fait une entrée solennelle sur la place. Les têtes se tournent vers lui, il se dirige vers l'élagueur et d'une voix impérieuse :

— Voici le document.

Puis il se tourne vers le groupe et d'une voix plus forte encore :

— L'expert est revenu sur son rapport, j'ai tenu à venir vous l'annoncer en personne.

Exaspéré, l'élagueur répond qu'il faudra payer la note, qu'il s'est déplacé pour rien, puis il remballe la scie aux dents acérées, les énormes sécateurs, les cordes, le baudrier, le casque, la

## 21 MARS

tronçonneuse, la broyeuse. Il monte dans son camion et enclenche la marche arrière.

Clément s'approche du maire et lui serre la main.

— Le président de la République avait raison de dire que c'est vous qui alliez tout résoudre. C'est vous le super-héros. Merci ! Tenez, je vous offre un badge *Touche pas à mon platane*.

À sa fenêtre, de l'autre côté de la place, Violette ouvre un sac et lance une pluie de confettis qui virevoltent lentement. Des points multicolores se mélangent aux feuilles vert cru de l'arbre. Tant de délicatesse après toute cette violence. Suzanne les regarde atterrir. Au moment où ils retombent sur les pavés, sans prendre le temps de fermer la lucarne, elle descend les escaliers à toute volée et rejoint les autres.

## 22 mars

*François Lebrun*

La veille, en ôtant le cadenas du casier numéro neuf du vestiaire de la mairie, François a remarqué une enveloppe glissée sous la porte en fer. Il a attendu d'être appuyé au volant de sa voiture pour l'ouvrir. Grand F à François. Grand L à Lebrun. Il s'est redressé sur le siège. Ce n'était pas un message anonyme. À l'intérieur de l'enveloppe, une carte postale du village et au verso, ces quelques mots signés par Jean Foulquier : *Demain dans mon bureau à 15 heures.* Il est rentré chez lui, l'esprit embrouillé par ce nouveau rebondissement. Rosalia l'a rassuré : dès le lendemain, il aurait la réponse à ses questions.

Toute la journée, François travaille à la préparation de la salle paroissiale qui accueillera le spectacle des enfants de l'école dans quelques jours.

À quinze heures précises, il frappe à la porte du bureau du maire et se demande comment réagir lorsque celui-ci l'invite à prendre place près de la table basse, où est servi un café avec des biscuits.

— Non merci, jamais l'après-midi.

Le corps crispé, François s'assied au bord du fauteuil en cuir. Où Jean Foulquier veut-il en venir ? Habituellement le maire joue avec un stylo pour calmer sa nervosité, aujourd'hui il a les mains vides, on dirait qu'il lui manque quelque chose. François s'enfonce dans le fauteuil. Le maire plonge son regard dans le sien et l'interroge :

— Connaît-on vraiment les gens ?

François balbutie :

— Je suis là pour entendre ce que vous avez à me dire.

— Depuis tout ce temps, tu crois peut-être savoir qui je suis.

— Pourquoi m'avez-vous convoqué ?

— Pour t'expliquer, je veux que tu saches la vérité. J'ai réagi à ce défi stupide que m'a lancé Bergerac, j'avais trop bu et quand je bois trop je fais des conneries.

## 22 MARS

— Pourquoi vous n'avez pas tout arrêté quand vous avez repris vos esprits ?
— J'ai mis le doigt dans un engrenage, coincé par le mensonge. Comme j'avais débloqué l'argent pour l'élagueur, je ne voulais pas perdre la face devant les conseillers. Si je perdais la face, je perdais ma place.

Jean Foulquier se prend la tête entre les mains. François est touché par son désarroi.

— Une connerie, ça arrive à n'importe qui d'en faire, monsieur le maire.
— Arrête de m'appeler « monsieur le maire » et de me vouvoyer, François, on était ensemble au CP. Tu as oublié ?
— Je n'ai rien oublié.

Les petits garçons qui jouaient dans la cour de récréation sont maintenant des hommes. L'un est devenu maire, l'autre ouvrier municipal. François s'étonne d'être choisi comme confident.

— Tu dois te demander pourquoi je ne suis pas venu t'apporter le papier à la mairie. À vrai dire, j'ai hésité toute la nuit. Tu ne m'as pas dénoncé et ta loyauté a été comme une décharge électrique, elle m'a sauvé. Tu n'as pas une cigarette ?
— La dernière fois que je vous ai vu fumer...

## UN ARBRE, UN JOUR...

— Arrête de me vouvoyer, François.
François hésite.
— La dernière fois que je t'ai vu fumer, c'était à l'école, derrière le mur du préau. Tu devais avoir douze ans. À qui d'autre as-tu dit la vérité sur toute cette histoire ?
— Seulement à toi.

Abasourdi par ce qu'il vient d'apprendre, François récupère ses outils et, sous un ciel particulièrement lumineux, il balaye les confettis qui constellent encore les pavés. Là-bas, son papillon des îles s'est installé à la terrasse du bar. Les feuilles de l'arbre protègent par intermittence le landau. Il sent qu'elle le regarde et il aime ça. Pour elle, le vrai héros de cette histoire, c'est son mari, et ça vaut toutes les médailles. Mais si elle n'avait pas répondu à son annonce, si elle n'était pas tombée amoureuse de ses grosses bottines, si sa mère n'était pas venue pour la naissance de baba Louna, il ne se serait pas battu pour désarmer les coqs et pour que sa fille soit fière de lui. Connaît-on les gens ? Il l'a épousée sans vraiment la connaître et ça ne les empêche pas d'être heureux.

## 22 MARS

François ôte l'ultime clou qui fixait l'avis d'abattage.

Suzanne se penche vers Louna puis elle relève la tête et lance à son intention :

— Monsieur Lebrun, votre fille a des yeux magnifiques.

## 23 mars

Je suis vivant !

## 21 juin

*Violette Bonnafay*

Adeline s'en est allée dans son sommeil un mois après la veillée. Une mort douce et sans histoire, mais pour Violette, une absence impossible à apprivoiser. Personne sur le tabouret de la cuisine. Personne avec qui chantonner avant de s'endormir. Personne à qui tenter de faire croire qu'elle avait gagné le prix de l'élégance en 1953 sur la Croisette, à Cannes. Elles ont vécu quatre-vingt-onze ans côte à côte. Et soudain, plus rien. Le vide. Le silence. Du jour au lendemain, une au lieu de deux. Adeline ne découvrira jamais que l'association Clowns sans frontières bénéficiera de son assurance-vie.

Suzanne invite Violette à déjeuner trois fois par semaine et, chaque mardi après-midi, le petit garnement vient lui faire la lecture. Il lui raconte des aventures de grenouilles et de paquebots, et même si de temps à autre elle perd le fil, elle apprécie sa compagnie. Elle somnole généralement au bout de quelques pages, priant pour que là-haut sa sœur la contemple et lui garde une place au chaud.

Adeline lui a laissé une lettre. Avait-elle pressenti sa fin proche ? Elle désirait que Violette ne s'apitoie pas sur son départ et qu'elle propose au village de fêter tous ensemble le jour de l'été. À cette occasion, les habitants accrocheraient des vœux à son beau platane, qui les abriterait dans son feuillage. Ils resteraient suspendus aux branches, jusqu'à ce qu'une pluie fine et continue dilue leurs secrets.

Dans une grande corbeille, à côté de la boîte à livres dorénavant pleine à craquer, des papiers et des rubans de couleur et, au bout d'une ficelle, un crayon.

*Je souhaite traverser la forêt amazonienne avec Louise. Clément.*

*Je souhaite que Suzanne ensoleille la place encore longtemps. Fanny.*

## 21 JUIN

*Je souhaite qu'Adeline retrouve son fiancé.*
*Suzanne.*

Assise à une table sous le platane, Violette plonge la main dans le panier. Elle prend le temps de lire les vœux un à un, comme s'ils lui étaient tous destinés. Quand les hommes espèrent une chose, on dirait qu'ils insufflent à ce désir le plus tendre d'eux-mêmes. La vieille dame ressent une émotion tellement forte qu'elle libère les larmes retenues depuis la disparition d'Adeline. Les papiers et les rubans voltigent tels des papillons multicolores, l'arbre porte désormais leurs rêves.

C'est le solstice d'été, et on dirait que le jour ne finira jamais. La lumière s'est levée à l'aube, s'est épanouie à midi et illumine tout ce qui peut l'être. Façades de maisons, prés, champs, visages s'éclairent et se métamorphosent au fil des heures. Le jaune des tournesols explose et, au bord des chemins, les coquelicots, délicats, éphémères, éclatants, indiquent où va le vent.

UN ARBRE, UN JOUR...

Il y a trois mois, j'ai échappé au pire. Condamné et sauvé par les hommes. Ce sursis me donne une énergie folle. J'ai la sève qui bouillonne. Un élan de vie irrésistible se propage de mes racines les plus enfouies aux feuilles de ma couronne. Depuis des décennies les mômes de ce village enlèvent leurs chaussures et m'escaladent en chaussettes, ils semblent se donner le mot de génération en génération, comme si c'était inscrit dans leurs gènes et j'ai toujours adoré sentir le frottement de leurs pieds sur mon écorce. Ils mangent des cerises et crachent les noyaux qui rebondissent sur mes branches. Tout à l'heure, Clément, dont le sang bouillonne plus fort encore que ma sève, s'est caché dans ma frondaison avec Louise. Et c'est à ce moment-là qu'elle l'a embrassé. Un baiser frais, léger et innocent comme un amour d'enfants.

Manu m'a dit au revoir après m'avoir offert une dernière fois quelques volutes de haschich et une délicieuse sensation de vertige. Sur le siège arrière de sa camionnette, il a emporté une de mes jeunes pousses, il la plantera quelque part, près de l'océan ou dans une forêt profonde. Peu

## 21 JUIN

importe l'endroit où je vais renaître, pourvu qu'un peu de moi continue d'exister. Avec la mer pour horizon ou à l'ombre de la futaie, j'ai confiance en son choix. Si désormais les humains pensent aux arbres comme les arbres pensent aux humains, serait-ce le début de la sagesse ? Ils semblent entretenir avec le bonheur une relation particulière, ne pas savoir comment l'apprivoiser. Parfois ils le fuient. Quelquefois, il les surprend et il en devient contagieux. Ce soir, Fanny reçoit des amis à la terrasse du bar. Les épaules dénudées et un verre de rosé à la main, elle parle avec de grands gestes et captive toute la tablée. Joe et Clément installent des lampions sur la devanture du PMU. Félix apporte une cagette d'abricots que Suzanne dispose avec des fraises et des framboises dans des raviers colorés. Dès qu'elle a le dos tourné, Violette, menue comme un oiseau, picore quelques fruits rouges. Et aux commandes du juke-box, Raphaël choisit des rocks intemporels qui s'accordent à ce moment joyeux. Ensemble, ils célèbrent l'arrivée de l'été. On entend leurs rires jusqu'au sommet du clocher. Fanny s'éloigne du groupe, lève son verre et me sourit.

# À PROPOS DE

Prix Saga Café
Meilleur premier roman belge 2014

« Féminin en diable et joliment désenchanté. » *Madame Figaro*

« Un hymne à la vie. » *Femme actuelle*

« Une galerie de portraits touchants et un hommage revigorant à l'amitié et à la solidarité féminines. » *Psychologies*

« Vous refermerez ce livre avec une plus grande foi en votre aptitude au bonheur. » *Fémi-9*

« Gravité, humour, légèreté, amitié. Très réussi. » *Le Quotidien*

« Cette comédie douce et amère, touchante et légère nous ré-enchante. Le meilleur des antidotes à la morosité. Coup de cœur ! » Pascal Laurent, librairie Filigranes, Bruxelles

« Un petit bonheur. » Fnac Reims

# À PROPOS DE

Finaliste du Prix des lecteurs
Livre de Poche 2017

« Vous adorerez cette histoire d'amour lumineuse. » *Femme actuelle*

« Un petit bijou de tendresse. » *Télé Poche*

« L'écrivain qui transforme les désespérances en (ré)jouissances. » *Soir Mag*, Belgique

« Une merveilleuse histoire d'amour écrite avec une superbe simplicité. » *Daily Mail*, Royaume-Uni

« Un roman solaire. Magnifiquement écrit. » *24 heures*, Suisse

« Tellement de nuances et d'humour qu'on se réjouit déjà de vieillir. » *Für Sie*, Allemagne

« Beau, fort, tendre, pétillant comme une bulle de champagne. Un enchantement ! » Sandrine Dantard, Fnac Grenoble Grand-Place

« Des montagnes de justesse et de finesse. » Florence Servan-Schreiber

Composition et mise en pages
Nord Compo à Villeneuve-d'Ascq

Achevé d'imprimer en avril 2018
par CPI
pour le compte des éditions Calmann-Lévy
21, rue du Montparnasse 75006 Paris

CALMANN LÉVY s'engage pour l'environnement en réduisant l'empreinte carbone de ses livres. Celle de cet exemplaire est de :

**800 g éq. CO₂**
Rendez-vous sur
www.calmann-levy-durable.fr

PAPIER À BASE DE
FIBRES CERTIFIÉES

N° d'éditeur : 3589776/02
N° d'imprimeur : 3028771
Dépôt légal : mai 2018
*Imprimé en France*